U0513915

蜘蛛男

〔日〕江户川乱步　著

叶荣鼎　译

山东画报出版社

图书在版编目（CIP）数据

蜘蛛男 /（日）江户川乱步著；叶荣鼎译. --济南：山东画报出版社, 2022.3（2024.4重印）

（江户川乱步全集·明智小五郎系列）

ISBN 978-7-5474-3955-5

Ⅰ.①蜘… Ⅱ.①江… ②叶… Ⅲ.①儿童小说－侦探小说－日本－现代 Ⅳ.①I313.84

中国版本图书馆CIP数据核字（2021）第134777号

ZHIZHUNAN

蜘蛛男

〔日〕江户川乱步 著　叶荣鼎 译

责任编辑　怀志霄
封面设计　光合时代

主管单位　山东出版传媒股份有限公司
出版发行　**山东画报出版社**
　　　　　社　　址　济南市市中区舜耕路517号　邮编 250003
　　　　　电　　话　总编室（0531）82098472
　　　　　　　　　　市场部（0531）82098479　82098476（传真）
　　　　　网　　址　http://www.hbcbs.com.cn
　　　　　电子信箱　hbcb@sdpress.com.cn
印　　刷　山东新华印务有限公司
规　　格　787毫米×1092毫米　1/32
　　　　　　8.75印张　123千字
版　　次　2022年3月第1版
印　　次　2024年4月第2次印刷
书　　号　ISBN 978-7-5474-3955-5
定　　价　46.00元

如有印装质量问题，请与出版社总编室联系更换。

译者序

红极一时的日本动漫《名侦探柯南》的作者漫画家青山刚昌，孩提时代曾是江户川乱步的超级追星族，他笔下的主人公江户川柯南的姓就取自日本推理文学鼻祖江户川乱步，名则取自英国的柯南·道尔。

日本作家历来都有用笔名的传统，江户川乱步本名平井太郎，早年就读于早稻田大学经济学专业，江户川就在早稻田大学旁边。巧合的是，"江户川"的日式英语发音"edogawa（爱多嘎娃）"，与"Edgar a-（埃德加·爱）"的发音极其相似；

"乱步"的日式英语发音"ranpo（兰波）"，与"llan Poe（伦·坡）"的发音又十分相近，故而决定以"江户川乱步"为笔名。从此，这个名字陪他度过了四十年推理文学创作生涯，也成为日本推理文学史上不可逾越的高峰。

1923年，乱步在《新青年》杂志上发表处女作《两分铜币》，引发轰动。当时的编者按这样写道："我们经常这样说，《新青年》杂志上总有一天将刊登本国作者创作的侦探小说，并且远远高于欧美侦探小说的创作水平。今天，我们终于盼来了这一兴奋时刻。《两分铜币》果然不负众望，博采外国作品之长，水平遥遥领先于外国名作。我们深信，广大读者看了这篇小说后一定会深以为然，拍案叫绝。作者是谁？是首位登上日本侦探文坛的江户川乱步。"

1925年，乱步发表小说《D坂杀人事件》，成功塑造了日本推理文学史上的第一位名侦探——明智小五郎。其后，他又陆续创作了《怪盗二十面相》《少年侦探团》等脍炙人口的作品，其中的"怪盗二十面相""少年侦探团"等角色已经突破了类型文学的束缚，成为世界文学史上的典型形象，先后多次被搬上各种舞台，改编成各种各样的影视、动漫作品。

第二次世界大战爆发后，江户川乱步因作品被禁止出版，投笔抗议，公开发表《作者的话》："我撰写的小说主要是把侦探、推理、探险、幻想和魔术结合在一起，让读者富有想象力和创造力。人类必须怀有伟大的梦想，经过不断的努力，才会创造出伟大的时代。没有梦想，没有幻想，就没有科学。历史已经证明，科学的进步多取决于天才的幻想和不懈努力。科学进步了，人民才会过上好日子。可是今天的战争，毁掉了科学，毁掉了人民的梦想，日本人民将会被一个不剩地当作炮灰，却还是避免不了失败的结局。"

1947年，日本侦探作家俱乐部成立，乱步被推举为主席。俱乐部在1963年改组为日本推理作家协会，至今仍是日本最权威的推理作家机构。1954年，乱步在六十大寿之际，个人出资100万日元，设立"江户川乱步奖"，用以激励年轻作家。在之后的半个多世纪里，以东野圭吾为代表的一大批优秀的日本推理文学作家通过这个奖项脱颖而出,他们的成绩也使得"江户川乱步奖"成为日本推理文坛最权威的大奖。

1961 年,为表彰乱步在推理文学界的杰出贡献,日本政府为其颁发"紫绶褒勋章"(授予学术、艺术、运动领域中贡献卓著的人)。1965 年,乱步突发脑出血去世,获赠正五位勋三等瑞宝章。为纪念乱步,名张市建有"江户川乱步纪念碑"与"江户川乱步纪念馆",丰岛区设有"江户川乱步文学馆",供日本与世界的爱好者与学者瞻仰和研究。

《江户川乱步全集》作为乱步作品之集大成者,先后出版了多个版本,加印数十次,总印数超过一亿册,迄今已有英、法、德、俄、中五大语种版本问世。衷心希望诸位读者能够通过这一版的中文译本,回望日本推理文学的滥觞,领略一代文学大家的风采。

是为序。

2021 年元旦于上海虹桥东华美寓所

目　录

招　聘

在靠近东京市中心的Y町上有一栋关东大厦，主要出租给个人经营的事务所。由于地段位置好，加之房租便宜，非常受欢迎。

一天早晨，关东大厦里来了一位气度非凡的绅士。绅士出示的名片上，印有"美术商人稻垣平造"的字样。

"有空房间吗？我想租一间。"

稻垣平造拄着一根挺粗的拐杖，语气里充满了傲慢。

当时，关东大厦的房间都已经租出去了，只有十三号房间还空着。

"十三"也许是一个不吉利的数字，看来还是改一下吧。关东大厦的经营者甚至想过更改房间号。

"只有一个空房间了……是十三号……"

"十三号吗？"稻垣平造自言自语地念叨着，脸上露出了奇怪的笑容，"十三号房间，我要了，今天就把东西搬过来。"

说完，他打开鼓鼓的钱包，付了一个月的租金和押金，然后走出大厦物业管理事务所，快步走进街角的一家电话亭。

"喂，是K家具店吗？我叫稻垣平造，是稻垣平造美术店的经营者，事务所地址是Y町关东大厦十三号房间。现急需一张办公桌、一把旋转大班椅、三把普通的椅子和一个大型玻璃陈列柜，请立即送来，价格由你们决定。当然，现成的成品就可以了，家具一到，我就付钱。"

然后，他又给G美术店、S镜框店以及其他两三家商店打了电话，订购了装点刚刚租下的办公室的一切物品。

就这样，当天下午两点左右，关东大厦的十三号房间摇身一变，成了稻垣平造美术店的事务所。

房间大约十七平方米，墙上挂满了大大小小的油画和版画，房间的一角摆着大型玻璃陈列柜，里面陈列着石膏像，只有一只手或一条腿的石膏制品，以及各式各样的壶、碟、瓶等，琳琅满目。地上堆着画布和画框，显得十分拥挤。

房间正中摆着一张大办公桌，办公桌后的大班椅上坐着这家事务所的经营者稻垣平造。他瘦高个，穿一套合身的黑色西装，威严的气质颇像外国贵族。乌黑的头发梳理得非常整齐，瘦削的脸上脸色苍白，鼻梁上架着一副玳瑁框眼镜，下巴上留着精心修剪成三角形的小胡子。此时他正伏案疾书，看那样子，好像已经在这里营业多年了。

这时，传来了"咚咚"的敲门声。

"请进。"

稻垣平造的声音不大但很清楚。

房门被轻轻地推开了一条缝，露出一张十七八岁的年轻姑娘的脸。

"请进。"

稻垣平造再次招呼道，那姑娘才有些手足无措地走进了房间，站在房门与大办公桌之间。这姑娘说不上怎么漂亮，穿着淡色的毛线衣，下面是黑色的裙子。

稻垣平造向她招了招手，姑娘又朝办公桌前走了两三步，从拎包里取出一张不大的纸条，小心翼翼地放在桌上。

"今……今天早上在报上看到的，所以……"

纸条是从报上剪下的，只有几行字：

> 招聘女性事务员一名，年龄十七八岁，长相可爱，负责接待客人，待遇优厚。
>
> 有意者下午三点到五点来店面谈。
>
> Y町关东大厦稻垣平造美术店

看来稻垣平造在租下这房间前就已经在报上登出了招聘广告。难道他早就知道关东大厦十三号房间是空着的？

这个暂且不谈，却说稻垣平造打量着前来应聘的女子，用非常生硬的语气说：

"真不好意思，这广告上要招聘的女事务员，刚才已经录用了。"

空　屋

　　年轻姑娘满脸失望地离开了，之后直到五点，新开张的稻垣平造美术店热闹非常。前来拜访的，都是十七八岁的年轻姑娘，不用说，她们都是看了招聘广告来的。

　　稻垣平造愉快地接待了这些姑娘，一一进行了面试，然后极有耐心地重复着同样的回答：

　　"真不好意思，这广告上要招聘的女事务员，刚才已经录用了。"

　　就在时钟马上就要指向五点的时候，又有一个姑娘走进了事务所。

那姑娘看起来刚好符合招聘广告的要求，大概十七八岁，个头不高，身材丰盈，穿一身时髦的连衣裙，头上那顶可爱的贝雷帽，由于稍有点歪斜，更显得活泼可爱。皮肤是健康的小麦色，眼睛水汪汪的，向上翘起的嘴唇像两片花瓣，鼻子小而挺拔，极具女性魅力。

稻垣平造打量了好一阵子后才开口问道：

"你叫什么名字？"

"我叫里见芳枝。"

姑娘毫不胆怯，以颇为悦耳的声音答道。

稻垣平造那双细长的眼睛眯得更细了。

"我的店没有其他工作人员，所以，除了接待顾客，还要请你兼做其他事情，你能做到吗？比如，整理商品，登记账簿，还有秘书工作等。工资是周薪，每星期支付五万日元。这些条件你能接受吗？"

"行，我能接受。只要您认为我能行的，请尽管吩咐。"

"你父母同意你来这里应聘吗？今天到这里来跟他们打过招呼了吗？"

"没有，我还没跟他们说，只是说去朋友家，就出门来这里应聘了。不过，如果知道我被贵店录用，他们一定会非常乐意的。他们一直在劝我找份工作呢。"

听她这么说，稻垣平造盯着她的脸看了许久，不知为什么，像是叮嘱似的又重复了一遍：

"也就是说，你来这里应聘的事谁都不知道？除你父母外，跟朋友提起过吗？"

"没有，我跟谁都没说。如果没被录用，挺丢人的。"

"好，我决定录用你，就从今天开始。不过……"稻垣平造说看了看表，"已经五点了。我们平时都是五点关门，所以现在算是占用你一点下班后的时间了。我需要让你知道我家在哪里，还要带你去仓库看一下。如果没有其他什么事，就请你现在跟我一起去好吗？"

"什么？一起去？现在？"

"是的，不是很远，我们坐车去，一会儿就到了，晚饭前你就可以回家。"

"嗯……"里见芳枝犹豫起来，但老板似乎是个可以信任的人，"好。"

"那好，你先走一步，就在对面路口等我，我稍稍收拾一下就来。"

其实也没什么好收拾的，稻垣平造故意这么说，只是为了让里见芳枝先离开。

里见芳枝为自己找到一份称心的工作兴奋不已，根本没有多想，说了几句客套话就先行离开了。她按照吩咐，来到大厦对面的路口。不一会儿，一辆轿车停在了她面前的车道上。

"里见小姐，让你久等了，上车吧。"

车里坐着稻垣平造。

里见芳枝上了车，坐在后排稻垣平造旁边，轿车离开Y町，向东驶去。来到两国桥附近S町时，稻垣平造示意停车：

"凑巧有一笔生意要去附近的客户那里，你也跟我一起去吧，顺便把你也介绍给他。"

说罢，稻垣平造吩咐司机把车开回去，带着里见芳枝走进了附近一条狭长的巷子里。走了没多远，他好像突然想起了什么：

"哎呀，我怎么把这事忘得一干二净。这位客户外出旅行还没回家呢。瞧我今天是怎么啦？"

稻垣平造满脸懊恼，转过脸抱歉地对里见芳枝说。随后，带着她在弯弯曲曲的小巷里七拐八拐，最后来到对面的大路上喊了一辆出租车。这一回，他让车往回开，一路向西驶去。

当里见芳枝察觉到比之前往东行驶的路程多出至少一倍的时候，出租车已经驶入千代田区的R町。由于绕来绕去花费了许多时间，此时路灯已经亮了起来。

"对不起，太晚了，不过我们马上就到了。"

稻垣平造说完，示意司机停车。下车后，他带着里见芳枝朝R町一条偏僻的小巷里走去。两侧的院墙接着院墙，似乎是一处十分僻静的住宅区，没有行人，路灯也稀少，两人就像走进了一个又大又暗的洞窟。

"对不起，家里人会担心的，我就不去了……"
里见芳枝突然害怕起来，停下了脚步。

"可是我们马上就到了啊，现在回去也已经晚了，好不容易来到这里，就进去吧。"

稻垣平造说着，径直朝前走去。

其实，里见芳枝也是一个喜好冒险和刺激的姑娘，尽管心里害怕，可强烈的好奇心还是占了上风，让她跟在这个刚认识的男人身后向前走去。

果然，走出没多远，两人停在了一处宅院门前。没有门灯，光线暗得连门牌上的姓名也难以辨认。稻垣平造似乎很熟悉这里，只见他熟练地打开院门，轻车熟路地迈步走进了漆黑的院内。

"我妻子大概外出了，真是太马虎了，居然连院门都没有锁就出门了。"

他一边在前面走一边嘟哝着，不一会儿，随着"啪"的一声，玄关的灯亮了。

距离院门两三米就是玄关的格子门，门后是大概五六平方米的门厅，稻垣平造正站在那里招呼。

里见芳枝对宅院的冷清大感意外。稻垣先生的太太真的会像那些简易住宅的主妇一样不锁房门就出去吗？而且这里似乎也没有用人、管家之类的，房子看起来有些破败，这样的话，能够按时支付之前说好的薪水吗？她越想越不踏实，但既然已经来到这里，总不可能也不好意思提出马上离开，只好硬着头皮跟着稻垣平造来到一间十多平方米的榻榻米房间。这房间里竟然连坐垫都没有，此时里见芳枝已经不仅仅是不安，而是开始感到有一种莫名其妙的恐怖向自己袭来。

这处号称稻垣平造宅邸的房子简直就像是无人居住的空屋，既没有橱柜，也没有桌子，玄关那里连一双鞋都没有见着。壁龛里空空荡荡，既没有书画挂轴，也没有装饰摆件，目光所及，简直就是空无一物。说什么太太出门了，根本就是只能骗骗三岁小孩的拙劣谎言。

"害怕了吧？"稻垣平造见她忐忑不安，得意扬扬地说，"说老实话，这里根本就不是我家，只是一栋空房子而已。门锁早就被我拆掉了，电灯也是我提前预备好的。这里都是大得出奇的宅院，就算你大声呼救也根本没人能听到。所有的门窗都被我锁上了，就凭你那手无缚鸡之力的纤弱身体，根本不可能从这里逃走。你这人看上去机灵的，现在这种情况下怎么做对你来说才是最有利的，你应该清楚吧。我是个坏人，一个十足的大坏蛋，如果你试图反抗，等待你的是什么，我想就是不说你也应该明白。所以，我们还是恢复刚才的身份，我是稻垣平造美术店的经营者，而你是美术店的事务员。这里是我家，你不要跟我有什么口角和争执，以一种愉快的心态交谈吧。好吗？"

里见芳枝听完这番话顿时哑然失色，但她毕竟性格刚强，极力控制住恐慌的情绪，以一种满不在乎的语气说：

"我不明白，您为什么要带我到这奇怪的空屋来呢？"

"你果然机灵聪明，听你这么说，我也就放心了。你刚才的问题，其实可以换一种说法，为什么不去咖啡馆之类的地方呢？选在这里，自然有我的理由，之后你就会知道的。"

稻垣平造始终不急不躁，语气平缓，可这反而让里见芳枝更加恐惧和不安，禁不住浑身颤抖起来。

蜘　蛛

"之前是说带你来看仓库的吧，不过很遗憾，这栋空房子里没有仓库。作为补偿，给你看个好东西，就是浴室。这里可是有一个与这破败的空屋子毫不相称的极其豪华的浴室哟。"

稻垣平造一边说着莫名其妙的话，一边沿着榻榻米房间外面的走廊向漆黑一片的房屋深处走去。不一会儿，只听"啪"的一声，那里亮了起来，大概是他打开了浴室的灯吧。

里见芳枝彻底觉悟了，在这种情况下即便挣扎或者叫喊也无济于事，而且她并没有那种旧式的拼死也要守住自身清白的贞操观，所以既然已经身陷虎口，索性听之任之，倒要看这所谓的美术商人想干什么。

"好漂亮的浴室啊。"

她走过去看了一眼，若无其事地称赞了一句。

"是吧？我昨天提前来把这里彻底打扫了一番。但是不能烧水，不管怎么说，也不能让空房子的烟囱冒烟。"

稻垣平造对里见芳枝的镇定非常满意。

浴室不足四平方米，浴池占了差不多四分之一，到处贴满了白色瓷砖，就连天花板也是白色的，整个浴室一片雪白，在灯光下反射着柔和的光泽。一位绅士不顾袜子湿透，叉着脚站在浴室里，门口站着一位身穿洋装的美少女，探着身子向里观望，这实在是一幅奇妙的画面。

越来越强烈的不祥的预感让里见芳枝眼前有些模糊，甚至感到眩晕，但她仍强打着精神，若无其事地打量着眼前诡异的浴室。突然，她发现了一个奇怪的东西——雪白的浴室架上，竟然放着一个手提箱。这里怎么会有手提箱？她的目光不自觉地被牢牢地吸引了。

"啊，是这个吗？"

稻垣平造立即察觉到了里见芳枝异样的目光，便从架上取下手提箱，满不在乎地打开后递到她眼前。一看到手提箱里的东西，她不由得心跳加速——里面满满地堆放着形状各异的可怕刀具。

"哈哈哈……像古时武士出征的全套家什吧？"

手提箱里出乎意料的东西和稻垣平造充满威胁意味的笑声让里见芳枝不由得脸色大变。

"觉得奇怪吧？"稻垣平造似乎对她的恐惧乐在其中，"其实，这也没什么奇怪的。你瞧，浴池里的水不是放好了吗？到底是谁放的水？当然是我啦！所有的一切都是我事先准备好的，这只手提箱也是我昨天拿到这里的。你想想看，我为什么要打扫浴室？为什么要在浴池里放水？为什么要准备这些家什？究竟是为谁准备的？都是为了你啊。不瞒你说，直到决定录用你之前，这个人是里见芳枝小姐还是别的什么人，我还一无所知，我只是希望看到我的招聘广告前来应聘的年轻姑娘之中有你这样的人。实在是万幸，今天来店里应聘的十八个姑娘中有你啊，里见芳枝小姐。不管是脸型、身材、声音和气质，你完全就是我的意中人。如果你今天没来，明天，后天，我还要在办公室不厌其烦地面试前来应聘的姑娘们，到这里来的时间也就不得不推迟了。"

稻垣平造滔滔不绝，兴高采烈。

"你想想看，我们为什么要绕道去 S 町？我说的有一笔生意什么的，根本就是胡扯，那只是为了不让司机知道我们从关东大厦出来后到底去了哪里。我们本来要往西去，可我故意让司机朝东开。下车后，又穿过小巷来到另一条路上才拦下另一辆出租车来到这里。这样一来，稻垣美术店和这栋空屋的联系就完全被切断了。

"你再想想，我在事务所一再问你，今天来应聘有没有跟谁提起过，你回答我说没有跟任何人提起过。这样我就完全放心了，里见芳枝即便失踪也跟稻垣美术店没有任何关系。也就是说，我的稻垣美术店不仅跟这栋空屋没有任何关系，跟你也没任何关联，我不管做什么都是百分之百的安全。

"其实，我的计划还要更周密，更万无一失。就连事务所的办公室也是今天早上刚刚租下的，既然已经找到了你，我也不会再去那里了。房间里的东西都是我通过电话向之前没有任何往来的商店订购的，就连电话也是在公共电话亭打的，不会留下任何线索。所谓的稻垣美术店刚开张一天就关门大吉了。你明白我说的意思吗？我是说，那家美术店从一开始就是不存在的。

"接下来说说我吧。我到底是什么人？住在哪里？还有名字叫什么？实话对你说，这天下没有一个人知道。稻垣吗？哈哈哈……我既不是稻垣美术店的经营者，也不姓稻垣，根本就不叫稻垣平造。哈哈哈……"

他越说越得意，大笑起来。

直到对方笑声渐止，里见芳枝还是没吭声，只是痴痴地看着天花板。突然，她惊呼出声，连连后退——她看见从铺着白色瓷砖的浴池里爬出一只大蜘蛛。

"啊，是蜘蛛吗？怎么，你比我更害怕这样的小虫？"

稻垣平造突然抓住蜘蛛，把它扔进了浴池。那只蜘蛛像豉虫那样，展开所有长腿在水面上飞跑，但每次好不容易快要爬上浴池边的时候，就会被扔回水里。终于，它筋疲力尽，就像溺水者一样痛苦地挣扎起来。

"瞧啊，它在跳舞，这是临死前的舞蹈。"

稻垣平造一边叫嚷，一边看着蜘蛛垂死挣扎。片刻之后，他从水里抓起蜘蛛，"啪"地摔到里见芳枝的脚边。

里见芳枝不由得"哇"地惊叫起来，下意识地要躲开，恰好向稻垣平造靠过去。稻垣平造似乎就在等她接近自己，顺势一把抓住了她的手腕，在她耳边耳语道："现在，该轮到我们跳这疯狂的舞蹈了。"

推　销

　　自称稻垣平造的男人究竟为什么要把里见芳枝带到没有热水的浴室里呢？他事先放在浴室里的手提箱里装满了各种刀具，是不是已经计划好要杀害这可怜的姑娘呢？

　　第三天，报上的广告栏里又出现了署名稻垣平造的奇妙招聘广告：

　　　　诚聘推销员。对口才、能力和学历均不做要求。但必须是为人正直的独身青年。月薪二十万日元，差旅费另付。有意者面谈。

　　　　　　　　Y町关东大厦稻垣美术店

乍一看，这只是一则普通的招聘广告，可仔细一想，又深感奇怪。说到推销员，主要工作是上门推销商品，不要求学历倒还勉强说得过去，但连口才和推销能力也不做要求就奇怪了。单凭为人正直就能做好推销员的工作吗？更奇怪的是，还必须是独身青年。通常，雇主都希望雇用有家室的人，这则广告却恰恰相反。还有，除月薪二十万日元之外还另付差旅费，对于一个毫无经验的新手而言，这样的待遇未免太过优厚了。

由于对口才、能力、学历全都不做要求，那些囊中羞涩的青年无不趋之若鹜。广告见报的当天，就有一百多名年轻人蜂拥而至。

租下十三号房间并把里见芳枝带到那栋空屋之后，稻垣平造一直没有再来过关东大厦。今天为了面试应聘者，他一大清早就煞有介事地坐在了办公桌之后的大班椅上。

房间一角的陈列柜里，除了之前的石膏像，又新添了好几个石膏人体模型，都是稻垣平造一早开车拉来的。墙上挂着的油画和版画、地上堆着的画布和画框，都跟三天前一模一样。

稻垣平造神采飞扬地逐个面试应聘者，一派轻松愉快的样子，让人根本无法将这个家伙跟那天晚上空屋里凶狠残暴的凶手联系在一起。看来，他不仅是凶残的罪犯，还是一个演技高超的演员。

半天过后，稻垣平造录用了其中的六名应聘者。但是那些朝气勃勃、积极向上，按照一般雇主的眼光肯定会被录取的优秀青年全被他一一打发走了，而选中的六个人，不管被问到什么，回答时都含糊其词，不得要领，一个个都是一副没睡醒的样子。

决定正式录用这六个人后，稻垣平造让他们站在办公桌前，下达了奇怪的命令：

"大家也知道，稻垣美术店是出售油画、镜框、画布和石膏像的专门商店。向学校推销美术教学用的石膏人体模型是我们的主要业务。这个玻璃陈列柜里的，就是我刚才说的石膏人体模型。你们上门推销的商品就是这些，要把它们一一卖给东京都内的各个中学。虽说是卖，但实际上是把这些作为样品送给他们，作为试用的样品，以此获取对方的好感，然后才真正开始推销我们的产品。这是我的经营方略，你们很容易就可以开展业务，只要让对方接受我们的免费样品就行。这样吧，你们先在市内跑一跑。"

接着，稻垣平造将目标学校的名称、地址，以及应该着重宣传的产品特点，向他们一一作了介绍。随后，他把六个石膏像样品放在木箱里打包，连同当天的工资、车费和盒饭钱等一起给了六个青年。

六个青年接过形状各异的木箱和钱，高高兴兴地出发去往稻垣平造为他们指定的学校。只要稍微想想就会发现稻垣美术店的经营策略实在有些诡异，但他们全是稻垣平造特意挑选出来的脑子不怎么好使的家伙，所以一点疑心也没有，反而为自己找到了一个好工作兴奋不已，一个个喜形于色。

但是，这六人之中有一个并不像表面看起来那么蠢笨。他叫平田东一，是个没有固定住所的不良青年，今年十九岁，酗酒，是个惯偷。看到那则招聘广告后，他凭直觉感到事情绝对没有表面看起来那么简单，并很快揣摩清楚了雇主的心思，于是装出一副蠢笨呆傻的模样去应聘，加之他生活无度，面无血色，眼睛更由于长期酗酒浑浊无神，完全符合稻垣平造的所有要求，所以很顺利地就被录用了。

离开关东大厦后，平田东一并没有去稻垣平造给他指定的学校，而是拿着东西去了神田的商店街，找到一家门面陈旧的专门出售画框、镜框的商店，径直走了进去。

不一会儿，从那家商店出来的平田东一已经两手空空。原来他把石膏像连同木箱以一万日元的价格卖给了这家商店。加上稻垣平造之前给他的钱，他现在已经有两万多日元了。他盘算着明天继续若无其事地去稻垣美术店上班，再领一天工资，如果顺利的话，还能再拿到一个石膏像。

买下石膏像的商店老板也不是什么好东西，他明知这东西来路不正，于是一再压价，以低得不能再低的价钱把石膏像买了下来，立马就摆在了门前最显眼的位置。这是从肩胛骨处切割下来的一只手臂，与实物等大，被固定在同样用石膏做成的底座上，做工极其精巧，简直可以以假乱真，只要一转手，就可以卖出三倍的价钱。

那天晚上，平田东一又喝得酩酊大醉。第二天上午十点左右，他才揉着眼睛来到了关东大厦，却看到十三号房间的稻垣美术店大门紧闭，五个比他早来的蠢货正面面相觑，茫然不知所措。

"怎么回事？"平田问道。

"我八点就来了，一直等到现在，还不见老板露面。昨天明明说要我们八点来这里上班，可是……真可恶！"

一个家伙回答道，倒也不怎么愤怒，只是满腹牢骚地嘟嘟囔囔。

无奈之下，他们向关东大厦的清洁女工打听，不料她满脸惊讶地说：

"稻垣先生啊，自从租下这个房间，加上昨天他只来过两天。第一天来了许多年轻姑娘，好像是为了招聘女事务员面试。但是打那之后，那个被录用的女事务员和稻垣先生都再也没来过。昨天是他第二次来这里。这回是好多男青年赶来应聘，好像是招聘男事务员。没想到今天又是房门紧闭，真是个奇怪的家伙。租下这十三号房间的都待不长，想想也实在是诡异。"

"没准这家伙比我还坏。"

一向自诩聪明过人的平田东一嘟囔了这么一句。

昨天的招聘就够奇怪的了，专拣脑子不灵光的家伙录用，老板布置的任务就更奇怪了。虽说不知道卖石膏模型能赚多少钱，可雇用六个推销员把石膏模型白送给学校，这种销售方法实在太离谱了。哪有这样做生意的？

满肚子坏水的平田东一立即决定把稻垣美术店的秘密弄个水落石出，并借此发一笔横财。他向关东大厦物业管理事务所打听到稻垣平造的住所后，甩开其他五个傻瓜，独自一人找了过去，但是那里根本没有姓稻垣的家伙。

"可疑！这家伙越来越可疑了！只要耐着性子守着这个十三号房间，说不定就能捞到一大笔钱。

如果他就此消失也没关系，反正我已经是那家商店的雇员，借口店主拖欠自己的工资，把那里面陈列的商品和家具全部卖掉，也能发一笔横财。太好了！"

平田东一打着如意算盘，又回到了关东大厦。

黑　柳

且说稻垣平造从关东大厦消失一个星期后的某天，千代田区G町的黑柳友助博士家的书房里，主人黑柳博士和他的助手野崎三郎正在谈论稻垣美术店的事情。

黑柳博士被誉为日本的福尔摩斯，精通犯罪学，还是一名出色的侦探。和福尔摩斯一样，他只是纯粹出于兴趣，对那些自己感兴趣的案件提出一些建议。除此之外，不接受任何委托，也不接受来访。但凡是他接手的案子，一定都会圆满解决。

黑柳博士是一个罕见的怪人，尽管身为学界知名的法医学家、犯罪学家以及名侦探，但他既不进入大学执教，也完全无心仕途，可以说毫无名利之心。事实上，他甚至不愿与人交往，整日闭门不出，只是与书为伴。

几年前，他因为铁路事故失去一条腿，虽然装好假腿之后可以不挂拐杖，仅用一根手杖就可以行走，但跛得厉害。说不定就是因为这个原因，他才会过起了深居简出的生活。他绝不会在别人面前卸下假肢，也绝不去公共浴池或温泉洗澡。

黑柳博士今年三十六岁，高个，头发长而蓬乱，脸型瘦长，没留胡须，似乎终日紧锁的眉毛下是一双炯炯有神的大眼睛，鼻梁挺拔，薄嘴唇，给人冷静、聪敏、果敢的感觉。

坐在黑柳博士对面的是他英俊的助手野崎三郎，今年二十四岁，热衷于外国侦探小说，立志当一名大侦探。两个月前，他慕名而来，被黑柳博士收为弟子，成为博士不可或缺的交流对象，虽然有时过于感性，但具有敏锐的观察力和缜密的分析推理能力，深得博士赏识。

黑柳博士的书房是古朴的西洋风格，天花板很高，典雅庄重，四壁的书架上摆满了烫着金色书名的精装本书籍，房间中央摆着一张雕花大写字台。此时，黑柳博士正双肘撑在桌面上，一边翻看着摊在桌上的剪报簿，一边说着：

　　"我想你也清楚，新闻报道大多失实，不可过于相信。但我却如此重视报纸剪贴并且装订成册，是因为对于报纸上的报道，只要阅读方法得当，就会有意想不到的收获。尤其是关于犯罪的报道，所有的秘密都隐藏在新闻报道的字里行间。我的读报方法稍稍有点与众不同，对不同报社各个记者采写新闻报道的习惯与风格了如指掌，所以如果这名记者是这样报道的，那么事实就应该是这样的，字面上没有反映出来的微妙之处也可以推理出来。

　　"假设发生了一起犯罪事件，各个新闻媒体发表了各自不同的报道，有些报道内容甚至截然相反，这样的报道正是我最感兴趣的。如果对采写报道的记者有足够的了解，就可以正确推断出该记者报道的角度和思维方式，进而分析出该记者在这篇报道中犯了哪些错误，再与其他报社记者的报道相互印证，像这样逐一分析所有报道，事件的真相自然也就水落石出了。只是通过对新闻报道的比较研究，就已经让我不止一次地抓住了破获大案的关键线索。我要求你做剪报的目的就在这里，绝不是一时兴起，这对我来说绝对是一项不可忽视的重要工作。"

黑柳博士耐心地教诲爱徒，这种态度对他来说可谓绝无仅有。

"不仅仅是新闻报道，报纸上的广告也非常精彩，特别是招聘招租栏的短广告里，隐藏着许多意想不到的犯罪动机。每天至少有五六个这样的广告是有问题的。从这些只有三行字的广告里，推测复杂的社会问题和即将发生的犯罪案件，归纳罪犯大致的作案手法，是非常有趣的工作。我举一个例子。瞧，这是我从报纸上剪下的一则招租广告，非常有意思，你不妨读一下。"

野崎看向黑柳博士手指的地方：

出租办公室，一楼，面积约二十平方米，

月租二万日元。

千代田区Y町关东大厦

旁边还注明:《朝日新闻》,六月十五日。

"乍一看,这只是一则普通的办公室出租广告。"黑柳博士看了一眼野崎困惑的脸,"但是,如果一直关注此类广告就会发现,这栋关东大厦,只要一有空出的办公室,就会立即刊登招租广告,毕竟广告费比起房间空置带来的损失可要小多了。这则广告此前一直是每天都登,一直到六月十五日。也就是说,有人从六月十六日开始租下了这间办公室。再看一下这则广告。"

黑柳博士又指向另一则广告,还是《朝日新闻》,日期是六月十六日:

招聘女性事务员一名,年龄十七八岁,长相可爱,负责接待客人,待遇优厚。

有意者下午三点到五点来店面谈。

Y町关东大厦稻垣平造美术店

这分明就是稻垣平造诱骗里见芳枝的招聘广告。看来，黑柳博士已经注意到那起案件了。

"我查阅了本月初关东大厦里所有商户联合刊登的广告，下面的署名里既没有美术店也没有稻垣商店。这就是说，从六月十六日开始租借这间办公室的，就是稻垣美术店。你再看看这则广告。"

黑柳博士手指着第三条广告，日期是六月十九日：

> 诚聘推销员。对口才、能力和学历均不做要求。但必须是为人正直的独身青年。月薪二十万日元，差旅费另付。有意者面谈。
>
> Y町关东大厦稻垣美术店

正是这则招聘广告使平田东一等六名青年上了当。

不愧是黑柳博士，仅凭几则广告就推理出这么多。接着，他又把第四则广告指给野崎看：

> 出租办公室，一楼，面积约二十平方米，

月租二万日元。

千代田区 Y 町关东大厦

旁边注明的日期是六月二十二日。

"通过这几则广告，我们可以得出这样的结论：六月十六日，稻垣美术店租下了关东大厦的一间办公室，二十一日就退租了，一周都不到。而且在这么短的时间里，稻垣美术店居然连续发了两则不同的招聘广告。其中的一个，招聘条件与常识完全相反。我觉得，关东大厦的那间办公室被罪犯利用了，有人在那里布置了一场骗局。"

黑柳博士看了一眼野崎脸上的表情，颇为自得地笑了起来。

"我就是这样看报的，算是给你做个示范。以这样的方法，类似的可疑事件每天可以发现三四个。你一直说希望可以接触实际的案件，这样吧，你就去查一下这个稻垣美术店吧。也许只是普通的诈骗案，不过也说不准会钓到一条大鱼。"

于是，野崎按照黑柳博士的吩咐，给关东大厦打了电话，了解到了如下情况：

一个叫稻垣平造的人租用了十三号房间，付了一个月的房租，买了很多东西布置装饰，开业前的准备非常充分。可是，他只来过两天。为此，关东大厦物业管理公司的负责人给稻垣家寄去一封信，可几天后信被退了回来，上面附有"查无此人"的纸条。那六个被录用的青年推销员常去关东大厦大吵大闹，使得物业管理公司也深感不安，于是决定取消和稻垣的租约，这间办公室另行出租，里面的东西由物业管理公司暂时保管，等稻垣平造再来大厦的时候，连同押金一并返还给他。

"瞧，稻垣平造就是可疑人物。"黑柳博士边走边说，穿着拖鞋的假腿在地上发出"嗒嗒"的声响，"我也一起去看看，你去备车。"

"是。"

野崎站起来准备出门。

就在这时候，门开了，寄宿生走了进来：

"先生，一个叫里见绢枝的姑娘来访，这是介绍信。"

黑柳博士接过介绍信，看了一眼后吩咐道：

"我们马上要出门，只能给她十分钟的时间，如果可以的话就请她进来。"

蚂 蚁

　　不一会儿，一个二十多岁的美丽女子被领进了黑柳博士的书房。当然黑柳博士和野崎不可能知道，她跟被稻垣平造诱拐的里见芳枝是一对孪生姐妹，长得非常相似。

　　"我们有急事外出，只能给你十分钟时间，真是对不起。请简要地说明来意。"

　　黑柳博士直截了当地对姑娘说。

　　"我是从写这封介绍信的先生那里知道您的事情的，特意前来拜访，请您务必施以援手。本月十六日，我的妹妹里见芳枝中午出门后再也没回来，至今没有找到她的下落。我们向警方报了案，警方也展开了搜索，但至今仍然一无所获。"

像这样的来访者并不少见，但是寻人之类的委托黑柳博士从未接受过。野崎不禁同情起眼前的姑娘来，恐怕她的期望马上就要落空了。

可意外的是，黑柳博士不仅没有马上拒绝，反而非常热心地询问道：

"是本月十六日中午吗？她出门之前说过要去哪里吗？"

"是的，听妈妈说好像是去朋友家了，可是我问遍了她所有的朋友，都说没见过她。我们实在已经没有可以打听的地方了，无论如何请您帮忙。先生，我妹妹叫里见芳枝，今年刚刚高中毕业。"

"你妹妹是否说过想找工作什么的？"

原来如此。六月十六日，就是稻垣美术店招聘女事务员广告刊登的那天。难怪先生会这么热心。野崎终于察觉到了，不由得连连点头。

"她常那样说，可妈妈不同意，要我们姐妹俩别东想西想。父亲死得早，家里就我们母女三人，平时妈妈对我们的管教也不怎么严厉，妹妹总是很任性。"

"说不定你妹妹是瞒着你们偷偷外出找工作了。"

"是的，那……"

"这样吧，本来还想再详细问一下你妹妹的情况，可现在不凑巧，我们正要外出，能不能麻烦你今天晚上再来一趟。事实上，我觉得我们现在外出打算调查的情况，和你妹妹的下落不明可能有点关系。当然，这只是我的直觉。但如果真是那样的话，也许今晚我还能告诉你一些新的情况。"

黑柳博士送走有些无所适从的里见绢枝后，立即带着野崎赶往关东大厦。

关东大厦的事务员早就听说过黑柳博士的大名，对他的提问可以说知无不言，言无不尽，甚至颇为得意地讲述了那个叫稻垣平造的家伙的奇怪举动。

"听说十六日那天稻垣美术店聘用了一名女事务员，那个姑娘是一个什么样的人？知不知道她叫什么名字？"

黑柳博士用手杖咚咚地敲打着自己的假腿（很

奇妙的举动，这是黑柳博士的习惯动作），逐渐进入了正题。

"我不知道，不过，请等一下，说不定清洁工知道些什么，我这就去把她喊来。"

不一会儿，一个四十岁左右的女人走进了房间，还不停地用围裙擦着手。当事务员说明请她来的目的后，清洁工一边回想一边说：

"那姑娘大约十七八岁，很漂亮，穿一身连衣裙，要说当事务员还真有点可惜……叫什么，这我就不知道了……长相？嗯……我记得是圆脸，挺讨人喜欢的。"

"双眼皮，大眼睛，鼻子不是很高，人中很短，上嘴唇有点翘翘的……是不是我说的这样？"

黑柳博士面带笑容问道。显然，这是在描述他刚刚在书房见过的里见绢枝，如果被录用的女事务员真是里见芳枝，长相应该跟她姐姐差不多。

"确实就像您说的那样，难道您认识那姑娘？"

黑柳博士听到清洁工如此肯定的回答，与身后的野崎对望了一眼，继续问道：

"那么，那姑娘被录用以后怎么样了？"

"说到这里就更奇怪了。那天傍晚，我想大概是五点左右，那姑娘离开了十三号房间，美术店店主也紧跟着急匆匆地离开了。我觉得奇怪，便来到窗前往大街上看去，发现那姑娘就站在对面路口，好像在等谁。美术店店主几乎是一路小跑，赶到附近的弥生出租车公司。不一会儿，一辆出租车停到那姑娘面前，她就上了车。后来那车朝京桥方向开走了，打那以后，那姑娘就再没出现过。"

"谢谢。看来接下来我们只要到弥生出租车公司打听一下，就能知道他们那天到什么地方去了。"

"是的，那出租车司机我认识，要不要我帮你们打听一下？"

不知该说这清洁工乐于助人还是爱管闲事，说完也不等黑柳博士回答就离开了。

根据她打听来的情况，稻垣和姑娘是在两国桥附近的S町下的车。

黑柳博士又看了保存在大厦地下室的稻垣美术店的家具和商品，除了知道都是些新买来的便宜货之外，并没有其他发现。

当他回到大厦物业管理事务所的时候，见门口站着一个年轻人，穿着一身半旧的西装，一副无精打采的模样。

"怎么，你又来了？"

物业管理事务员一见到他，不由得皱起了眉头。

"是啊，那个叫稻垣的还没来吗？说好的工资也不给，实在是……"

年轻人的这番话引起了黑柳博士的注意。

"对不起，你是被稻垣美术店录用的吧？"

"是的。"

"是推销员吗？"

"嗯。"

年轻人似乎觉得回答他的提问纯属浪费时间，不耐烦地打量着黑柳博士。黑柳博士对他的无礼表现不以为意。

"真是无巧不成书。我们就问一下这个年轻人吧。"

黑柳博士跟事务员打过招呼后，对年轻人说道：

"如果方便的话，我想向你打听一下稻垣美术店的情况，能不能跟我去附近的咖啡馆坐坐？"

年轻人正是平田东一。他又打量了一下黑柳博士，觉得也许能从眼前这男人身上搞点钱出来，于是接受了博士的邀请。

在咖啡馆里，平田东一向黑柳博士和野崎说起了稻垣雇用了包括他在内的六名年轻推销员，让他们各自拿一个人体石膏模型白送给他指定的学校。在他看来，除他之外的五个家伙脑子明显不怎么灵光。他并没按照稻垣命令行事，而是将人体石膏模型卖给了神田的一家画框店。当然，为了让他说出这些，黑柳博士给了他一笔不菲的"信息费"。

听完平田东一的叙述，黑柳博士当即决定：

"我们去神田的那家画框店看看，平田君，你带路。"

于是黑柳博士、野崎和平田一行三人坐上博士的车赶往神田。

还是跟数日前一样，画框店的沿街橱窗积满了灰尘，大约两米宽的展示柜里稀稀落落地摆着几件大路货，只有那个人体石膏模型分外引人注目，黑柳博士一下子就注意到了。他跂着脚来到展示柜前，额头几乎贴着玻璃，目不转睛地打量着这件手臂石膏模型。

"了不起，我还从未见过做工如此精湛的手臂石膏模型。构思也很奇特。"

看了一会儿之后，黑柳博士由衷地赞叹。

"确实，完全可以以假乱真。看样子这应该是女人的手臂吧？"

野崎也在一旁附和道。

"当然是女人，而且是年轻女人。有这样手臂的女人，一定是个美人。"

黑柳博士说完，再次全神贯注地盯着石膏模型。突然，他碰了碰野崎的手臂：

"喂，你瞧。这里，是不是有点奇怪？"

黑柳博士的声音很低，野崎顺着他视线的方向看去，只见手腕的位置竟然有一只蚂蚁。不，不是一只，从展示柜的隔板到石膏模型上，有一整队的蚂蚁。

石膏像怎么会招来这么多蚂蚁？

再仔细看，原来蚂蚁有两队，到石膏模型的手腕处就不再继续前进了，而且调头往回走。

"我知道了，这石膏模型上有许多小洞。看，蚂蚁钻进去了。"

"原来是这么回事。如果没有蚂蚁，实在很难发现这些小洞。不过，有了小洞就会招来蚂蚁吗？"

三个人并排着紧盯着石膏模型，一时间谁也没吭声。

过了一会儿，黑柳博士不知想起了什么，径直走进店里。

"我要买那个手臂石膏模型。"

店主趁机开出了令人咋舌的高价，黑柳博士竟然没还价就买下了，只是再三叮嘱店主一定要仔细包好。然后小心翼翼地夹在腋下，带着两人急匆匆地回到了车上。

上了车，黑柳博士把石膏模型放在膝头，铁青着脸，一言不发。野崎和平田见此情形也都闭上了嘴，不安的感觉如潮水一般在车内的沉默中一阵阵地冲刷着他们的心头。

汽车停在黑柳博士家门前的时候天已经黑了。

"平田君，我还想向你打听一些情况。可以的话，一起进来吧。"

黑柳博士说完，转身向玄关走去。

伤　疤

　　黑柳博士书房里的水晶吊灯下，手臂石膏模型放在写字台上，外面的包装已经拆除。博士、野崎、平田三人围在写字台前。

　　"平田君，你刚才说除你之外，还有五个推销员被录用了吧？他们送给学校的石膏模型都和这个一样吗？"

　　"不，不一样。有的是脑袋，有的是身体，有的是脚。"

　　"果然不出我所料。实在太可怕了，如果我想得没错，这是一起罕见的恶性犯罪。现在就来验证一下吧。野崎君，你去给我找一把锤子来。"

"什么，您说锤子？"

野崎吃惊地反问。

"是的，除此之外没有办法可以消除我噩梦般的怀疑。"

野崎离开书房去取锤子的时候，寄宿生进书房报告说，里见绢枝来访。她是按照黑柳博士的吩咐，再次前来拜访。

不一会儿，绢枝和手持锤子的野崎一起走进了书房。黑柳博士见她来，顾不上说客套话，直截了当地问道：

"你妹妹和你长得很像吗？"

"什么，您说什么？"

里见绢枝有点不解地问道。

"我说是脸。"

"嗯，非常像，别人都说我们长得一模一样。"

"嗯……我有一个奇怪的问题：你妹妹右手臂上有什么明显特征吗？我是说那种即便只看到手臂也可以分辨出这就是你妹妹的那种特征。"

里见绢枝着实被黑柳博士的问题搞得有些不知所措，一时间不知如何回答。

　　"是右手臂，有没有诸如痣啊或者疤痕啊什么的？"

　　"啊，有，有！妹妹小时候调皮，右手掌上有一条长长的刀疤，很明显。先生，您怎么会想起问我这个，难道妹妹她……"

　　里见绢枝似乎察觉到了什么，突然闭上了嘴，脸上血色尽失，双唇不受控制地颤抖起来。

　　"别，别这样，可能是我多虑了。我想应该不至于发生那么可怕的事。"

　　突然，黑柳博士发现平田并不在书房里，不知道什么时候悄悄溜走了。他是看里见绢枝到访之后特意回避了？不，也许是见黑柳博士家陈设豪华，又起了歹念。

　　后来才知道，平田的"失踪"与本案有重大关系，可当时谁也没有想到。

　　"里见小姐，请你暂时离开书房好吗？万一有什么太过于刺激你情绪的情况发生就不好了。"

"不，没关系。"里见绢枝大声说，"真的没关系。我足够坚强，不管发生什么事，我相信自己都能应付。"

"是吗？但愿我的担心是多余的。"

黑柳博士话音刚落，手中的锤子已经猛地击中了桌上的手臂石膏模型。顿时，白色的石膏碎片四处飞溅，底座上手指部位的石膏更是碎成了粉末。

果然，不幸被他言中了，石膏模型里包裹着骇人听闻的罪证。

石膏模型的精美曾让人赞叹不已，但那绝对不是因为雕塑师手艺精湛。眼前的手臂石膏模型，只是在人的手臂表面抹上了薄薄一层石膏而已。

"啊！"

黑柳博士和野崎自然是大惊失色，但受刺激最大的无疑还是里见绢枝。好长一段时间，她只是瞠目结舌地看着写字台上的"石膏模型"，等终于明白是怎么回事后，猛地倒吸一口凉气，不由自主地连连后退。

黑柳博士顾不上照顾绢枝，赶紧确认手掌上是否有刀疤。虽然手臂已经开始腐烂，但刀疤依然十分清晰，这是里见芳枝的右手臂，已经不容置疑。

一声突如其来的惨叫惊得黑柳博士一个激灵，赶忙回头去看，只见里见绢枝已经昏死过去，瘫软在了野崎的怀里。

失 踪

过了好一阵子，里见绢枝终于苏醒过来。当她明白刚才发生的事情既不是梦也不是幻觉时，禁不住痛哭失声。

"太可怜了！凶手的手段太残忍了。我长期与罪犯打交道，但如此残忍的恶性犯罪还是头一回遇上。但是，还没到完全绝望的时候。从这刀疤判断，这手臂确实很像你妹妹的，但现在还不是哭的时候，还请坚强起来。"

黑柳博士轻轻地拍打着哭得死去活来的里见绢枝的肩膀，安慰道。

"野崎君，那个年轻人去哪儿了？是叫平田是吧？难道已经回去了？"

"刚才还在呢……光顾着这边了……"

"这家伙……"

正说着，不知什么地方传来了奇怪的声音，好像是男人惊恐万状的悲鸣。

"是谁？"

野崎抬起铁青的脸来，凝神细听。

黑柳博士一动不动地站在那里，好像突然想起什么，急忙按响了桌上的呼唤铃。

"刚才是你在叫吗？"

寄宿生一进门他就劈头盖脸地问道。

"不，不是我，我一直在旁边房间里看书。"

寄宿生有点摸不着头脑。

"那，果然……"黑柳博士突然朝大门跑去，转过脸喊野崎，"我去看看就来，你给我看好里见小姐。"

黑柳博士的身影在门外消失后不久，隔壁房间传来了急促的叫声：

"野崎君，野崎君！"

野崎赶紧跑过去，见黑柳博士还处在极度兴奋的状态里，正在房间里来回踱步。

"平田不见了，但刚才声音确实是这房间传出的。我找了许多房间，就是没见到他。对了，鞋，鞋，你去玄关看一下他的鞋还在不在。"

野崎急忙跑向玄关，平田的鞋还摆在那里，也没发现少了其他人的鞋。

黑柳博士得知这一情况后，立即吩咐道：

"你也帮我找一下，既然鞋在，平田肯定还在这房子里。"

黑柳博士带着野崎和寄宿生挨个房间搜查，却始终没发现平田的踪影。

太奇怪了，听到喊声之后只不过两三分钟的时间，一个大活人就这么凭空消失了。

"难道他光着脚走了？可是他为什么要那样呢？"

黑柳博士自言自语道，接着不知又想起了什么，急匆匆地沿着走廊朝对面走去。

不一会儿，传来了黑柳博士的吼声：

"野崎君，野崎君，这窗户是你开的吗？"

野崎连忙循声跑过去，只见小会客室里平时总是关着的一扇窗户大开着，窗外是铺有碎石的小路，对面就是大门。

"不，不是我。"

"那好，我去问一下寄宿生和女佣。"

黑柳博士还要拖着假腿再走，野崎急忙拦住他，自己跑到走廊大声招呼寄宿生和女佣都过来。

不一会儿，寄宿生、司机以及三名女佣聚集在了会客室里。里见绢枝不知这里发生了什么情况，提心吊胆地从他们身后探出一张毫无血色的脸。

经过核实，谁都没开过窗。一名女佣说她傍晚打扫的时候还看见窗户是关着的。如此说来，是平田这个小混混顺手牵羊之后从这里溜走了？窗外小路铺的是碎石，没有留下脚印。但是，平田为什么要采取那么不自然的方法逃走呢？刚才挨个房间搜查的时候，黑柳博士特别留意过，并没有发现丢什么东西。还有，刚才异乎寻常的惨叫，如果平田要溜走，为什么还要发出那种声音呢？

"你说你一直在旁边的房间里,丝毫没察觉有人出入吗?"

黑柳博士转过脸问寄宿生。

"没有,一点也没察觉到。我一直在看书……"寄宿生满脸愧疚。

结果谁也没注意到大门方向的情况。于是黑柳博士命令寄宿生先到大门外看看,但依然没发现任何可疑之处。平田就这么像一阵烟似的凭空消失了。

"会不会还有其他人?"

野崎打破了沉默,看着黑柳博士的脸色试探着说。

"说得好,看来只能这样假设了。你认为可能是谁呢?"

"那个稻垣平造?虽说听上去有点离谱,但我总有一种感觉……也许,那家伙从一开始就跟着我们。这家伙竟然把受害者的尸块拿去卖,简直丧心病狂,恐怕不能以常理度之。"

"照你这么分析,那家伙杀害了平田?"

"还没有证据，不过不排除这种可能性。如果不是平田，那家伙的罪行不会这么快暴露。所以他有足够的动机。我甚至想，刚才那声惨叫会不会就是平田被勒住了脖子发出的。"

"你是说凶手把他勒死后，将尸体夹在腋下翻窗逃走的？哈哈哈……你真像个小说家。而且，说不定平田的尸体过两天也会被摆在某个商店的橱窗里。"

黑柳博士像是在开玩笑，但看样子他也不能完全否认野崎的想法。

黑柳博士回到书房，立即给警视厅打了电话，找来了刑事侦查科的中村警部。中村警部之前咨询过黑柳博士的意见，两人私交也不错，是无话不谈的朋友。中村警部接到黑柳博士的电话后大吃一惊，把受害者的尸块制成石膏模型，简直闻所未闻。他说马上就到，然后就挂断了电话。

黑柳博士挂断电话后，转向里见绢枝：

"里见小姐，一会儿警察就来这里，他们打算再搜查一遍。你继续待在这里也没有太大意义，而且你现在精神状态也不太好，还是先回家休息吧。"

然后又对野崎说：

"野崎君，你送里见小姐回家吧。"

绢枝被相继发生的怪事吓得魂不附体，尤其听说名叫稻垣平造的恶魔可能就在附近，根本不敢一个人回家。这时听黑柳博士吩咐野崎送自己回家，虽然有些不好意思，但还是只好接受人家的一番好意。

里见家在巢鸭，实在算不上近。一路上，两人并排坐在汽车后排座椅上，野崎不停地安慰她，总算使她略微放松了一些，甚至开始跟野崎谈起了她家的凄凉境况。

"如果妹妹不在了，家里就剩你们母女两人了？"

"嗯，那样的日子实在凄凉，我还不知道该怎么对妈妈说……想到这里，我就……"

"不，在事情还没弄清楚之前，最好先别对她说。你还有其他可以说说话的亲戚或者朋友吗？"

"没有。我们长期住在农村，身边没有什么可以在这种时候帮得上忙的人。不然我也不会大老远跑到先生这里来寻求帮助。"

"唉，那你可真是够为难的了……"

话题一时不知要怎样进行下去才好，两人间陷入了沉默。就在这沉默中，汽车到达了目的地。

"我送你到家吧。"

野崎好不容易挤出这么一句。

"不，那样反而不知道该怎么跟妈妈解释……"

"也对，那……那就再见了。有什么情况，请别客气，尽管来电话。无论什么时候，我都想尽力为你做点什么。"

"实在太感谢了，请代我向先生致谢。"

汽车开动了，绢枝躬身行礼，目送野崎远去。

报　道

　　黑柳博士识破手臂石膏模型秘密的第二天，各大新闻媒体都用特大篇幅做了报道，社会版更是连发四篇报道：

　　一条女人的腿在D中学美术教室被发现

　　凶手究竟是人是鬼?

　　令人震惊的杀人魔王的罪恶行径

　　日前报道的关东大厦女事务员被杀案，由于黑柳博士的鼎力相助，已查明凶手杀死被害者后，更残忍分尸，将尸块覆以石膏，伪装成人体石膏模型，陈列于神田S街的画框店。今天，被害者的另一尸块又在D中学美术教室被发现。凶手似将伪装成人体石膏模型的尸块作为美术教学标本贩卖向各个学校。警方鉴于此种毫无意义又胆大包天的行径，初步判断凶手可能患有严重的精神疾病，现正全力搜索，但尚未有实质性进展。

因学生的失手
石膏模型中意外发现尸块

昨天在D中学十六教室，二年级A组的美术课上，学生E不慎碰掉了作为素描对象的女人腿石膏模型。E欲将其捡起时，忽然吓得大叫。众人纷纷上前了解情况，只见石膏模型被摔裂的缝隙中露出了已经腐烂的人肉。美术教师G大惊，连忙将其拿到学校医务室，请保健医生鉴定，发现这是一条从大腿根部关节砍下的女人的腿，表面覆盖了一层薄薄的石膏。

学校立即报警，警视厅鉴定科S警部以及

负责女事务员被杀案的中村警部很快赶到现场，将可疑石膏模型送到东京大学医学部请F博士鉴定。同时对按照自称稻垣平造的嫌疑人的指示，将可疑石膏模型送至学校的推销员展开调查。

受此事件影响，D中学不得不暂时停课，进行严格的消毒。此事在学校里造成了轩然大波。

以为是烂布头呢
学生E浑身颤抖述说经过

"当时，我有事要找老师，于是起身向讲台走去。经过石膏模型时，可能是衣服挂到了它，把它带到了地上。我心想不好，连忙弯腰想要捡起来，却发现石膏模型膝盖的部位裂开了一道大口子，里面露出一块类似老鼠皮颜色的东西。一开始，我还以为石膏模型里塞了烂布头，但细看又不像。当然，我不可能想到那是人腿，只是本能地大叫一声，连忙后退。实在是太可怕了，有生以来还是第一次看到这么恶心的东西。"

史无前例的怪案
黑柳博士发表高论

记者拜访了最先发现女事务员被杀案的黑柳博士，博士一边以手杖敲击假腿，一边发表了如下高论：

"接下来，我估计死者尸体的其他部位还将陆续出现。如果参考外国案例，凶手分尸时通常会把尸体切割成六块，即头、躯干、两条手臂和两条腿。这次的杀人分尸案恐怕也是如此。因此，剩下的四块可能还在其他几所学校。像这类骇人听闻的凶杀案，应该说史无前例。凶手分尸后，在肢解的尸体表面抹上石膏浆，待干燥后分别送到各个学校。石膏外壳很薄，一旦破裂就能发现里面的尸块。凶手肯定是故意这样做的。为什么要这样做？我认为，凶手从一开始就没有隐匿尸体的打算，其真正意图是用残忍手法嘲笑整个社会。具有这种犯罪心理的凶手，在国外也不是没有，但把肢解的尸体制成石膏模型送到学校，这种手法在犯罪史上尚无前例。正如警方所说，凶手恐怕患有严重的精神疾病，但并非传统意义上的丧失思考能力的疯子。相反，从其犯罪方式来看，其似乎具有缜密的思维。还有，恐怕被害者非只一人。除了前几天贵报报道的年轻男子失踪案，可能还会有其他女子被害。眼下，我们只有寄希望于警方尽快抓获凶手，我也愿尽绵薄之力。"

黑柳博士习惯每天泡在浴池里读书看报、思考，因此，他入浴时间有时竟长达两三个小时。在此期间，他会将浴室门从里反锁，不准任何人打扰。如有急事，就用浴室里的电话和外面的用人或寄宿生联系。据说圣德太子在位时常常依据自己在梦殿的冥想处理国家大事，黑柳博士也通过浴室里营造的秘境来捕捉学术上的或侦办案件的灵感。从里反锁浴室门一方面是为了不让人打扰自己的思考，另一方面也是不希望被人看到他那条断腿。

黑柳博士扔下刊登有对自己的采访的报纸，将全身浸入水中，闭着眼睛一动也不动，十分钟，二十分钟，时间悄悄流逝……仿佛睡着了。

忽然响起一阵电话铃声，是寄宿生打来的。黑柳博士从浴池中探出上半身，抓起了电话听筒。

"什么事？"

"中村警部来了，说有急事要见您。"

寄宿生的声音有些畏缩，因为黑柳博士在浴室里接电话的时候总是怒气冲冲的。

"请中村警部去会客室稍等。"

黑柳博士挂了电话，再一次把全身浸入了浴池。

照　片

又过了一会儿，穿着睡衣的黑柳博士来到会客室，与中村警部隔着圆桌相对而坐。这已经是本案发生之后中村警部第二次来访。

"对你的采访刊登后，各中学立刻对用于美术教学的人体石膏模型展开了调查。结果正如你推断的那样，头、躯干、左手和左腿，分别在麻布S中学、神田T中学、O绘画私立中学和青山B中学找到了。今天，这些尸块已经被先后送到了警视厅，慎重起见，厅里立刻将其转送到东京大学医学部，鉴定这些尸块是否属于同一尸体。当然，就是外行也能一眼断定，六块尸块拼接起来，是一个女人。"

"凶手不仅手段残忍，而且胆大妄为，不然的话，肯定是心理变态。你们警方的侦查情况如何？有进展吗？"

"根据关东大厦物业管理公司提供的稻垣平造的特征，已经下发了通缉令。除此之外，还派人到东京都内所有的出租车公司调查，看能不能找到那天在两国桥附近搭载稻垣平造和里见芳枝的出租车。他们在两国桥下车，多半是为了不让人知道去向而另外换了车。我们在两国桥附近的S町进行了挨家挨户的排查，但是……"

"你们注意到了非常关键之处，那结果呢？"

"还没找到任何线索。我们还调查了稻垣平造租下关东大厦十三号房间当天购置家具和商品的商家。那家伙没留下任何线索。他是用电话订购的，随后去银行汇款，也就是说他跟商家根本就没见过面。不用说，这些商家都是第一次跟稻垣平造做生意，对他的情况毫不知情。稻垣平造留给关东大厦物业管理公司的住址也是假的，那里根本就没有姓稻垣的人家。”

"还有吗？"

"就这些，根本无从下手。在找到他们在两国桥搭的出租车之前，可以说搜查已经走进了死胡同。这案子非比寻常，新闻媒体竞相炒作，警视厅里也议论纷纷，我的压力实在是太大了。所以，还请务必施以援手。"

"我也没有什么好办法，只是在等。"

"在等？等什么？"

"等凶手来接近我。"

"这是什么意思？"

"那家伙恨我，说不定还怕我，总之，他知道我是他的劲敌，因此，不可能就这么把我扔在一边置之不理。等着瞧吧，那家伙一定会找上我的，监视我，跟踪我，他要搞清楚我想干什么，要抢在我前头。犯下这种大案的家伙一定不会就此销声匿迹的，他一定还会有动作。"

"是吗？"

中村警部有些不知道怎么把话接下去了。

"实际上，他已经这么干了，从我插手这个案子的第一天起。那天他应该一直在跟踪我，要不然，平田怎么会失踪。等着瞧吧，最多两三天之内，那家伙一定还会现身。到时候，我跟他的交锋才正式开始，当然还需要警方的帮助哟。"

黑柳博士一副胸有成竹的样子。中村警部觉得，他肯定还有什么没说出口的理由。

"就像你刚才说的，现在，除了下发通缉令和排查那辆出租车，已经没有其他可做的了，但我的办法也许能更快抓住那家伙。"说着，黑柳博士微微一笑，忽然又像想起什么似的，"哎，上次拜托你的东西带来了吧？"

"哦，你要是不提起我都忘得一干二净了，是离家出走的姑娘照片吧？"

"是的。最近一两个月失踪的姑娘的照片。"

"我们已经尽力收集了。有一些虽然报案但是没有照片。今天我带来了五十张。"

"谢谢，应该足够了。"

黑柳博士一张一张地拿起照片认真查看起来，

最后从中挑出了三张。

"这三个人，你不觉得有什么地方很像吗？"

"经你这么一说，还真是……"

"最近，你有没有见过跟这三张照片上的人很像的人？"

中村警部脸上现出奇妙的表情，稍稍思考后恍然大悟似的：

"里见绢枝？"

"是的。很像吧？都很漂亮，鼻子不太高，人中很短，这些都很像。里见绢枝和里见芳枝是孪生姐妹，据说几乎一模一样。也就是说，被害的里见芳枝跟这三张照片上的人具有相同的面部特征。"

"我还是不太明白你的意思……"

"这只是我的假设，虽然并非毫无根据，但依然只是假设。西方有一种被称为'蓝胡子'的心理变态者，是专以女性为目标的连环杀人犯。我想本案的凶手就是这种所谓的'蓝胡子'。他应该不止一次犯案，只是没有被察觉而已。"

"为什么这么说？"

"这次案子的受害人只是通过报纸上的招聘广告引来的随机挑选的陌生女子，与凶手既无仇恨也完全没有利益冲突，而凶手却极其凶残地杀人分尸，还制作成石膏模型四处派送。很难想象这只是初犯，之前应该有一个犯罪升级的过程。最初只是把人杀掉，但渐渐地，这样已经不能使其得到满足，于是犯罪一再升级，终于发展到肢解尸体，再借他人之手分送到东京各地陈列展出。你觉得这样的分析如何？里见芳枝恐怕不是第一个受害者。"

"原来如此。"

"关于这一点，我几乎可以确信。此外，我还分析了凶手通过招聘广告挑选受害者的意义。第一，绝对不留下任何线索。凶手与被害者毫无关系，这对凶手来说是最安全的。第二，可以挑选到最符合自己喜好的女人。我们已经知道，被选中的正是里见芳枝。也就是说，这就是凶手偏爱的受害者类型。最显著的特征就是低鼻梁和短人中。于是，我想到查阅失踪少女们的照片。这样说你应该明白了吧？对这三个失踪的姑娘展开详细调查，也许会有意想不到的收获。我要再次说明，这只是我的假设，但是在目前的情况下，在排查凶手乘坐的出租车之外，是不是也可以在这方面分派相应的警力？”

“我明白了。现在的形势，所有的办法都值得一试，况且这也不会耗费太多的警力，就按你说的办吧。今天果然不虚此行。尽管你一再强调只是假设，但至少在逻辑上，这个假设十分缜密，不是吗？哈哈哈……”

中村警部虽然这样说，但似乎对黑柳博士的假设并非深信不疑。

便　条

　　中村警部造访黑柳宅邸的第二天，野崎利用黑柳博士泡澡的时间出门去见里见绢枝。其实自从那天送她回去之后，野崎就一直对她念念不忘，以至于这几天干什么都魂不守舍。几番纠结之后，他终于下定决心，要去里见家看看。

　　当他来到里见家门前的时候，已经是下午四点多了。又犹豫了好一会儿，他才终于下定决心，敲了敲门。

　　听到敲门声，纸拉门非常稳重地拉开了，一位上了些年纪的妇人迎了出来。

"我是黑柳博士的助手野崎三郎，请问里见绢枝小姐在家吗？"

"啊，欢迎光临。前些天绢枝给你们添麻烦了，真是太感谢了。那个……您是来接绢枝的吧，是不是芳枝的事情有消息了？"

这妇人应该就是绢枝和芳枝的母亲了，虽然爱女失踪让她备受煎熬，但待人接物却丝毫不失礼数，看得出来，她正努力控制自己的情绪。

"倒也不是那么回事……"

野崎突然不知所措起来。

没想到妇人接下来又说出了一件十分奇怪的事情：

"看样子，您应该不是从黑柳先生那儿来的吧？其实，刚才有人拿着黑柳先生写的便条来接绢枝，她已经坐上开来的车到府上去了。"

"您是说她去黑柳博士家了？"

"对啊。"

"奇怪。什么时候？"

"已经一个小时了。"

一小时前，正是黑柳博士把自己锁进浴室，野崎出发的时候。野崎顿时紧张起来。

　　"那便条还在吗？请让我看看！"

　　"在，在，您稍等一下。"

　　不一会儿，妇人把便条拿来了，只有寥寥数语：

　　　　绢枝小姐，有急事，现派车去接，速来。

　　"糟啦，这便条是假的，这根本不是黑柳先生的笔迹。"

　　"什么，假的？那绢枝……"

　　妇人一时乱了方寸，手足无措地看向野崎，眼看就要哭出来了。

　　"我得马上回去一趟。不过很快我们就会派人来的，您暂时忍耐一下。"

　　野崎顾不上安慰妇人，简单交代了几句，就急匆匆地赶回黑柳宅邸。他一路疾驰回到黑柳宅邸的时候，黑柳博士还在浴室里。现在可不是耐心等待的时候，野崎径直跑到电话室拨通了浴室的电话：

"先生，我是野崎，您派人去接里见绢枝了吗？"

"没有啊。"

"那便条果然是假的。是这样的，有人以您的名义把里见绢枝从家里接了出来，时间就在一个多小时前。我刚从她家回来，从她母亲那里得知这一情况的。"

"我简直愚蠢到了极点！怎么会没注意到那里呢！"听完野崎的报告，黑柳博士大发雷霆，"现在说什么都晚了。野崎君，你立即打电话通知中村警部，然后再去一次里见家，她母亲独自一人在家，一定担心坏了。顺便在那附近打听一下，有没有人看见接走里见绢枝的车。要是能打听到车牌啦、离开的方向啦、司机的长相啦什么的就更好了。我随后就来。"

当天晚上，黑柳博士、中村警部和野崎在巢鸭的里见家汇合，然后在附近做了详细的调查，却一无所获。谁也没有想到，第二天，又一起轰动整个东京的重大案件发生了。

人　鱼

　　从湘南片濑的海岸，经过一座长长的木板桥，可以到达江之岛，那里有一家水族馆。因为还没到避暑时节，馆里非常冷清。这天早晨，一直到十点左右，才终于卖出了第一张票。那人看起来好像是来写生的学生，检票之后径自走进了寂静的水族馆。走道两侧，足有两米宽的玻璃水槽排列得整整齐齐的。光线透过水槽里的海水，把整个馆里照得像海底一样。

　　年轻人把脸贴在玻璃水槽上，逐个仔细观看。忽然，在一个玻璃水槽前，他仿佛触电一般，脸上血色尽褪，连连后退了好几步。等终于勉强稳住了心神，他又哆哆嗦嗦地凑上前去，试图确认自己刚才只是眼花了。待看清了水槽里的东西——

"人鱼！人鱼！"

他像是要驱散眼前的幻觉似的胡乱挥舞着双手，嘴里不住地喃喃自语，身体摇摇晃晃难以自持，终于，他喊了出来，使出全身的力气跌跌撞撞地朝大门口跑去。

门口，水族馆的值班老人正百无聊赖地抽着烟，从馆里冲出来的年轻人猛地抓住他的衣服，连话也顾不上说，只是拽着他往馆里走。

"那个！看那个！"

年轻人把老人连拖带拽地拉到那个水槽前，颤抖着指向水槽。

老人起初还不明所以，等看明白水槽里的东西，也跟年轻人之前的表现一样，惊叫着连连后退。

玻璃水槽里漂浮着一具年轻女性的尸体，就那么在水面上趴着，有一半身体沉在水里，黑色的长发宛如海草漂浮着，美丽的脸庞痛苦地扭曲着，在水槽的狭小空间里蜷曲着的双腿弯成了非常奇特的曲线。左乳下，一道白生生的伤口外翻着，血水正从中一点一点地渗出，在深蓝色的海水中模模糊糊地呈现出一缕缕暗红色——她显然已经死了。

经过调查，被害者是里见绢枝。

与之前的案子一样，凶手没有留下任何线索，只知道被害者是前不久被害的里见芳枝的姐姐，遇害的前一天被人用一张假冒黑柳博士的便条骗了出来，死亡时间是昨夜十二点左右，死因是锐器刺穿心脏，致命伤应该就是左乳下的伤口。

一名渔民向闻讯赶来的中村警部提供了一条重要情报：

"昨晚，我在朋友家一直玩到凌晨两点，回家的路上经过片濑到江之岛的桥下时，看到桥上有人影朝江之岛方向急匆匆赶路。因为是深夜，看不真切，好像是两个穿西装的男人扛着一个很大的袋子。"

中村警部立即安排警力在附近展开搜索和排查，结果，附近居民中根本没有人在夜里扛着大袋子过桥去江之岛。

看来，凶手多半是把里见绢枝诱骗到某处，杀害后装进大袋子里，趁夜用汽车运到片濑，和同伙一起扛过木桥来到江之岛，摸进水族馆，将尸体放进了水槽里。

黑柳博士接到中村警部的电话后也立即赶到现场，但就连他也只能对凶手的犯罪手法赞叹不已，什么线索也没发现。

当天各家晚报的社会版几乎都是关于水族馆事件的报道。市民们被接连不断的惨案搞得人心惶惶，有年轻女孩的家庭更是提心吊胆。特别是当大家知道了第一名被害者里见芳枝是凶手从众多应聘的年轻女性中挑选出来的；第二名被害者里见绢枝是她的双胞胎姐姐，两人可以说一模一样；根据黑柳博士的建议，警方已经从近期失踪的年轻女子中间挑选与这对姐妹长相相似的进行调查。这一切都说明，凶手对被害者的相貌有某种偏好。这在年轻女性中间引起了极大的恐慌。

女孩子们每次聚会都会谈起"蓝胡子"的话

题，只要一句"你长得跟里见姐妹好像啊"，马上就会有人被吓得脸色惨白。各家都禁止女儿单独出门，甚至上学都需要家里人接送。

警视厅的压力越来越大，几乎每天都会召开专题会议讨论案情，尤其担任专案组组长的中村警部，更是成了众矢之的，苦不堪言。

水族馆事件发生后的第三天，处境越来越艰难的中村警部再次登门拜访黑柳博士。

"博士，我这几天可谓焦头烂额。按照你的建议，我们调查了长相与里见姐妹相似的失踪的姑娘们，还是没有找到线索。"

"对她们离家时的情况也调查过了吗？"

"嗯，调查过了，没发现什么特别情况。只是其中有三个人都是说去朋友家，出门后再也没回来。这三个家庭的经济状况都相当不错，出门时都习惯在附近大街上搭出租车。"

"又是汽车？这次的案子从一开始就绕不开汽车。凶手和里见芳枝就是在两国桥一带转乘出租车后不见的；里见绢枝也是被骗上汽车后遇害的；现在根据你的调查，失踪的姑娘们都有出门坐出租车的习惯。"

"的确如此，这一系列案子都跟汽车有关。"

"看来，凶手很可能有车。而且从他伪装的美术店来看，他好像很有钱。这样一来，他就可以将车伪装成出租车，自己则化装成司机，在目标附近守株待兔，等着选中的姑娘自己坐上来。而且只要经常更换车牌，就很难被抓住。"

"那样的话，我们可以制定相应的搜查方案。"

"不，正相反。如果凶手和里见芳枝在两国桥附近换乘的，以及将绢枝骗走，并将她的尸体运到水族馆的都是凶手自己的车，那无论我们怎么搜索都无济于事。现在已经满城风雨，凶手和被害人的照片也都已经见报，但并没有出租车司机前来报案，如此看来，恐怕我的推测是对的。"

中村警部一脸苦笑，双臂抱胸，陷入了沉思。过了一会儿，他突然开口道：

"我还是不明白，凶手为什么要大费周章地把尸体运到江之岛那么偏僻的地方，然后又毫不遮掩，将其放在水族馆这么容易被发现的地方。只能认为这家伙脑子不正常吧。"

"所以我才说这次的案子史无前例啊。这是炫耀啊，就像猎人带着打到的猎物招摇过市一样，这家伙在炫耀自己的杀人本领呢，而且还摆出一副艺术家的架势，上一次是分尸之后做成石膏模型，这一次更把女尸打扮成美人鱼展出。在他看来，合适的舞台只有江之岛水族馆，附近的其他水族馆要么水槽太小，要么太热闹，都不合适。"

黑柳博士似乎对凶手颇为赞赏，中村警部对此十分不满：

"艺术家？要是让这样的艺术家为所欲为的话，岂不是天下大乱了？"

"对不起，我的说法让你不快了。这一次的对手实在可以称得上劲敌，我已经准备好全力以赴了。"

"可是现在我们连对手是谁都还不知道啊。你说过在等凶手主动接近你，究竟要等到什么时候？"

中村警部越发焦躁不安，不觉间已经语带嘲讽。

"已经等到了啊。瞧。"

黑柳博士说着，从口袋里取出一个信封递给中村警部。

"这是什么？电影招待券？"

中村警部满脸狐疑。

"请仔细看一下，看看女主角是谁。"

"富士洋子。那又怎样？"

"富士洋子可是现在最受欢迎的女演员。"

中村警部目瞪口呆，不知道黑柳博士到底要表达什么意思。

"哈哈……你吃惊了吧！其实，这是我刚从野崎君那里得到的新情报。"

"你说的我一点也不明白。"

"啊，你好像真不知道这位富士洋子的长相。野崎君，把那本杂志拿来。"

野崎立即从书房里取来一本电影杂志，递给中村警部。

"瞧，这就是富士洋子。"

"明白了吧？富士洋子跟里见姐妹可以说一模一样。我第一次看到时也大吃一惊。"

"你是说凶手盯上这个女明星了？"

"只能这样考虑。她将是凶手的第三个目标。"

"可是，尽管长得确实很像……"

"你再看看这个。"

黑柳博士又取出一张便条，和装电影招待券的信封并排放在一起。

"这是同一个人的笔迹，没错吧？这是前些天诱骗里见绢枝的便条。也就是说，招待券是诱骗里见绢枝的人，也就是凶手送来的。"

中村警部连连点头，眼睛亮了起来，身体也不自觉地前倾。

"我还是第一次收到电影试映招待券。出于好奇，就做了一番调查，于是发现了刚才提到的那些。这可以说是凶手对我发出的挑战书——我要对富士洋子下手了，看你能怎么办。"

"言之有理，不过……"

"凶手的这种自信，简直匪夷所思，这可是杀人预告啊！意思是说即便提前告诉你，你也毫无办法。"

"你是不是太高看这家伙了？"

"当然，这也可能是对方给我设下的圈套。不管怎么说，我都要走一趟。"

"是明天晚上吧？我也一起去。"

中村警部重新鼓足了干劲，与黑柳博士约好第二天见面的时间和地点后就匆匆告辞了。

第二天，黑柳博士花了更长的时间把自己反锁在浴室里冥想，其间有两三个客人来访，都被博士生硬地拒绝了："我正在思考问题，别打搅我！"

虚　惊

晚上六点，试映会在 K 大剧场举行。为了给富士洋子造势，广泛邀请了电影界有关人士、评论家、作家等各界名人，规模相当宏大。

黑柳博士和野崎落座的时候，正在放映电影相关的纪录片。纪录片放映完，剧场内灯火通明，两人连忙趁机寻找中村警部，不停地左右张望，却发现所有人的目光都投向了某个地方。黑柳博士朝那个方向看去，原来一处豪华包厢里，坐在最前排的正是电影明星富士洋子。

"看那里，就是她。"

黑柳博士招呼野崎，野崎一时没有反应过来，待看清了包厢里的情况，开始指着富士洋子周围的男女向黑柳博士一一介绍：那是导演N，那是女演员Y……

他们甚至在剧场里发现了五六名身穿制服的警官，可就是没有中村警部的影子。

"难道中村警部没来？"

黑柳博士小声嘟囔着继续四下寻找。突然，他发现外边的走廊上，站着中村警部和一位身材魁伟的绅士，正目不转睛地盯着富士洋子所在的包厢——由于是放映中的休息时间，走廊上的门都开着。

中村警部算是找着了，但凶手到底在哪里呢？

"那家伙来了吗？"

野崎凑在黑柳博士耳边小声说。

"肯定来了。"

"我怎么没发现……"

"你认得出那家伙吗？"

"玳瑁眼镜、三角形的小胡子……"

"哈哈哈，怎么能靠那些东西，眼镜和胡子可是最简单的化装道具了。那家伙肯定不会那副模样出现的。"

正说着，放映开始的铃声响了，场内所有的灯都熄灭了。与此同时，大银幕亮了起来。

这是一部加入了大量华丽布景和歌舞的电影，讲述的是富士洋子扮演的妖冶放荡的女演员，周旋于三个浪荡公子和一个深爱她的青年之间的故事。银幕上的富士洋子一身盛装，艳光四射，顾盼生辉。镜头不断推进，富士洋子娇媚的脸占据了整个银幕，就在这时，她右眼角下突然出现了一个红色的斑点。红色的斑点迅速四下蔓延，而且下端渐渐汇集起一个越来越大的水珠，然后顺着富士洋子的脸颊流了下来。

血！是血！

观众席上鸦雀无声，所有人都被这突如其来的一幕惊呆了。

银幕上的富士洋子仍然在笑。很快，又有红色斑点出现了。这一回是在她洁白的贝齿间。眼看红色的液体充满了整张嘴，然后顺着嘴角流了下来。

放映师见状大吃一惊，赶紧停下了放映机。富士洋子满脸鲜血的样子定格在了大银幕上，这个形象恐怕要长久地烙印在在场所有人的脑海里了。紧接着，剧院内一片漆黑，顿时乱作一团，不时响起女人的尖叫声。

"快，快亮灯！"

不知是谁高喊。

灯亮了，只见N导演正抱着富士洋子，四下张望，不知所措。人群立即朝那里涌去，分散在剧场各处的警官们急忙赶来维持秩序。在N导演和中村警部的搀扶下，富士洋子被送到了剧场办公室。黑柳博士和野崎奋力分开人群，紧随其后来到剧场办公室。

"怎么回事？"

黑柳博士一把抓住中村警部。

"就像你说的那样，凶手确实是在打富士洋子的主意。不过，她没什么事，只是受惊过度晕了过去，现在已经醒了。"

中村警部一边说着，一边不住地往人群中打量。随后，他把N导演和剧场经理找来询问情况。经理回答说，昨天在制片厂放映时并没出现任何异常，拷贝是昨天晚上送到剧场的，在放映室里放了一整天。虽说放映室的门一直是锁着的，但那种东西从来都是防君子不防小人的。显然有人潜入放映室做了手脚。

大家又一起查看了电影拷贝，发现那上面有点点滴滴的红色染料。手法十分巧妙，一帧一帧地逐渐增多，放映起来就像真的流血一样。

但光凭这些警方根本无从下手，能成为线索的脚印、指纹之类的东西一点都没有。从清洁工到夜间值班人员，警方进行了详细的询问，都说没见到可疑人物。

三十分钟后，放映重新开始。中村警部和黑柳博士离开了剧场。

"我安排了人贴身保护富士洋子，现在已经送她回家了，跟她坐同一辆车。"

中村警部边走边对黑柳博士说。

"你好像终于明白那家伙的心思了。"黑柳博士拍了拍中村警部的肩膀,"他就像个孩子,但是拥有超人的智慧和力量。今天晚上的事情简直就是个恶作剧,可目的非常明确。他就像戏弄老鼠的猫,享受着目标惊慌失措的表演。而且他越来越胆大妄为,之前还只是炫耀一下死尸,这次却并非直接出手,而是先发出了死亡警告。不仅如此,他还在向我们发出挑战:我就是要对这个女人下手,你们能奈我何?"

"只要我们明确了目标,就可以二十四小时贴身保护,绝不让那家伙碰她一根手指头。"

中村警部气鼓鼓地挥舞着拳头。

"的确如此。"

黑柳博士倒是十分轻松。

"哎,我突然想到,你说,那家伙今天晚上来没来剧场?"

"当然来了,自己导演的一场好戏怎么能不亲眼看看呢。"

黑柳博士对此似乎深信不疑。

备　战

富士洋子只休息了一天，第三天便出现在摄影棚里。为了保证她的人身安全，摄制组从跑龙套的演员中间挑选了好几个身强力壮的年轻男演员守在她身边。富士洋子进出摄影棚时，他们几乎寸步不离。警方也派出多名便衣刑警严密监视富士洋子周围的动静，这么严密的安保措施，可以说万无一失。

但凶手对此不屑一顾，第二封挑战信很快就到了黑柳博士手上。

一天早上，黑柳博士走进书房，一封信异常醒目地出现在了收拾得干净整洁的大写字台上。野崎还没来，黑柳博士喊来寄宿生问道：

"这信是不是你拿来的？"

"不，不是。"

"今天早上有没有人来过这房间？"

"没有，没见有人进来过。"

"那这信是从哪儿来的呢？窗户都关得严严实实的，门是我刚刚打开的。"

黑柳博士说着，拿起了写字台上信：

黑柳博士：

优秀的艺术要有优秀的观众，您正是我的作品最好的观赏者。

杀人是一种艺术，年轻貌美的女性就是我艺术创作的素材。

第一次，我创作了人体石膏模型；第二次，我创作了美人鱼。这两次都获得了空前成功。至于第三次，您已经在K剧场看到了我的预告，七月五日，即将正式作品呈上。

您所谓的蓝胡子敬上

"七月五日，就是明天吗？"

黑柳博士看完信，自言自语地嘟囔着在房间里踱起了步。

不一会儿，野崎来了。

"野崎君，K制片厂里有没有熟人？"

"N导演倒是见过两三次……"

"那太好了，你给他打个电话，把我介绍给他，我有事要问他。"

"用不着我介绍，先生只要说出自己的名字就行了。他们制片厂的人都知道先生的大名。不过，我还是先打个招呼吧。"

电话接通了，野崎跟对方简单寒暄过后，黑柳博士接过了听筒：

"七月五日，也就是明天，富士洋子小姐的拍摄计划已经定下来了吧？"

"是的，计划是和四五个男演员一起去O镇附近的森林拍外景。原本是想去更远的地方，但考虑到现在是非常时期，不得不选择附近的O镇。当然我也会去，还有安保人员，警方也会派人同行。"

O镇距离K制片厂不远。

"几点出发？"

"准备趁天还没热起来排完，因此预定上午八点从制片厂出发。"

只问了这些，黑柳博士就道谢之后挂断了电话。至于凶手送来的那封信，一字也没有提及，然后就开始做出门的准备。

"备车，我要去一趟K制片厂。"

往返K制片厂用了足足三个小时，黑柳博士一进家门立即吩咐野崎给警视厅的中村警部打电话。

"给您添麻烦了，请马上过来。"

中村警部赶到的时候，已经是下午两点。

"证实我推断的时候到了。你瞧。"

黑柳博士把那封信递给中村警部，似乎有些雀跃。

中村警部看完信，气得满脸通红：

"简直是胆大包天！"

"呵，那家伙已经自己凑了上来，给了我绝好的机会。"

“绝好的机会？”

“七月五日，也就是明天，那家伙一定会动手的。根据刚才核实的情况，富士洋子明天要去O镇拍外景。当然，我也去，跟那家伙面对面地较量一番。”

“制片厂和警方都会派人前往拍摄现场保护富士洋子，我看那家伙未必敢动手，而且杀人并不是他唯一的目的。”

“那家伙自诩艺术家，同时还是魔术师，所谓魔术师，就是要把不可能变成可能。”

“那样的话，明天的外景拍摄岂不是十分危险？还是马上把这情况告诉制片厂，最好让他们中止明天的拍摄安排。”

“不，请相信我，我已经做好了充分的准备，跟凶手决一雌雄，绝不会让他逃之夭夭。虽说这过程多少有点危险，但如果一味退缩，永远别想抓住那家伙。”

“黑柳君，事关重大，千万别意气用事。”

“请相信我，我向来把别人的生命看得比我自己的重要。"

"那就拜托你了。我明天也去，刑警的人数增加一倍，以防万一。"

"中村君，有件事我还得拜托你。在我发出信号之前，千万不要行动。无论富士洋子有多危险，或者凶手逃跑，你都要按兵不动。"

"你的意思是说，明天你指挥我们警方行动？"

"是的，可以这么说。明天我会化装去现场，连你也不清楚我到底在哪儿。所以在我出现在你面前，明确要求你们采取行动之前，绝对不要轻举妄动。"

"呵，你这要求真怪。好吧，就按你说的，根据你的指令行事。不过是不是还是先向K制片厂透露一下这封信的内容？"

"我已经去过K制片厂了，只跟T厂长说了。其他人，包括富士洋子本人，我都没说。这样才有利于实施明天的抓捕计划。"

最终，中村警部全盘接受了黑柳博士的要求。警方由中村警部带领，与黑柳博士分别前往拍摄现场。

黑柳博士又对野崎做了如下交代：

　　"野崎君，你认识N导演，明天一到拍摄现场，就紧跟在富士洋子身边。但是，记好了，你的任务不是保护富士洋子。在我发出信号之前，你一定要密切关注警方和制片厂的安保人员，一定不要让他们盲目行动。万一他们有什么动作，一定要竭力制止。明白了吗？明天天不亮我就要出发。你直接去K制片厂，跟他们一起去O镇。"

夹　层

　　第二天上午九点左右，O镇森林里，K制片厂拍外景的队伍已经开始工作。一行人包括导演N、摄影师S、富士洋子、男女演员五名（其中三人兼任保卫）、刑警六名、中村警部、野崎，还有副导演、摄影助理和司机等，一共二十多人。这些人多半是乘电车来的，现场只有三辆汽车，两辆是制片厂的，一辆是警视厅的。

　　O镇进入高台区深处，有一片郁郁葱葱的密林，起伏的山丘间小河蜿蜒，风景如画。农舍草房散布在旱地里，通过摄影师的一番技术处理，可以很好地表现深山野林或偏僻乡下的场景，是理想的外景拍摄地。

中村警部和N导演坐在树荫下，不时交谈着。

"昨天黑柳博士来制片厂了，今天你们又来了，是不是有什么情况？"

N导演担心地问。

"没什么，毕竟是拍外景，自然需要更严密的保护措施。"

中村警部依照黑柳博士的吩咐，没有说出实情。

"要是可以，我们也想尽量避开外景拍摄，可这部影片里汽车奔驰的场面，无论如何精简不了……不过只要三十分钟就够了，剩下的，就交给后期剪辑了。"

"这么说富士洋子会在车上？"

中村警部已经感觉到有些棘手了。

"嗯，不过只要跑五十米左右就行了，不用担心。"

"我看这样吧，让我们的刑警也提前布置在路边，还是多留点神为好。"

"当然没问题。只是务必请他们隐蔽好，别进镜头。还有，我得事先说清楚，以免发生误会，一会儿要拍的是歹徒绑架女主角的情节。一开始，富士洋子扮演的姑娘与一位绅士在大松树下散步。富士洋子来温泉休养，绅士趁机大献殷勤，将她带到了附近的山里。绅士其实是歹徒头目。树丛里停着一辆汽车，从车里下来一个蒙面男子，是绅士的手下。绅士借故离开，只留下富士洋子一人。蒙面男子趁机抓住富士洋子，把她绑到了车上，然后驾车逃窜。一直到前面那处山脚，都需要富士洋子在车上。拐过山脚之后，由于都是远景，就可以使用替身了。"

"好吧，我们就在山脚下停车替换替身的地方布置警力。慎重起见，能不能让我见一见和富士洋子演对手戏的男演员？"

"没问题。"

N导演立刻喊来男演员，把他们介绍给中村警部。两人都是在K制片厂很长时间的老演员了，没有什么可疑之处。

不多时，影片的拍摄开始了。

中村警部在外围布置了严密的警戒线，严阵以待。

在不远处的树丛里，停着一辆K制片厂的汽车，扮演绅士手下的男演员正坐在车里，等待出场。

"黑柳博士在哪儿？"

中村警部小声问野崎。

"没见到他。不过先生一定考虑得很周到，也许正埋伏在我们意想不到的地方。"

"凶手也肯定藏在什么地方伺机而动，不过我们有这么多人，不会有事的。"

中村警部更像是在给自己宽心。

拍摄很顺利，扮演绅士手下的男演员已经戴好了黑色面罩，穿过警戒线来到富士洋子背后的树荫里，蹲在那里等待导演的信号。

绅士离开。

富士洋子的特写。

蒙面歹徒的特写。

N导演发出信号，蒙面歹徒跳了出来，猛地扑向富士洋子。

富士洋子拼命反抗。

"好！就这样！"

N导演很满意。

两名演员配合十分默契，表演极为逼真，富士洋子不愧是当红的女影星，拼命呼救，全力挣扎，特别是她脸上的表情，惊恐中带着绝望。现在，她已经被制服，嘴里塞着东西，手脚都被绑了起来。蒙面歹徒满意地看了看她，弯腰将其抱起，向汽车走去。

镜头紧跟着他移动。

随着镜头移动，警戒线也跟着转移向了树丛里的汽车那边。

富士洋子被扔到后排座位上，蒙面歹徒关上车门，跳上驾驶席，随即沿着既定的路线飞驰。在摄影机的取景框中，汽车越来越小。

沿途两侧都埋伏着刑警，汽车就在他们中间的路上穿过，一转眼就拐过了山脚。那里，两名警官正严阵以待。

"好！拍摄到此结束。"

N导演大声喊道。

大家都长出了一口气，有的就地坐下，有的跑到树荫下乘凉，还有的互相开起了玩笑。

但是，就在这时，山脚那边的两名警官大叫着向这边跑来。

"什么事？"

中村警部心头一惊，赶忙迎了上去。

"那辆车没停下！"

"朝那边全速开走了！"

"那，刚才车上的是谁？"

"那家伙肯定不是演员！"

"不可能！那肯定是B君。"

N导演斩钉截铁。

野崎忽然想到了什么，连忙跑到刚才停车的地方，拨开树枝四处查找。果然，地上躺着一个男人，一动不动，身上被扒得只剩了一件衬衣。正是男演员B。凶手趁大家的注意力全集中在富士洋子身上的时候，伺机打倒了男演员B，换上了他的衣服。

"这里！"

听到野崎的叫声，大家都围了过来。与此同时，中村警部、N导演和警官们飞身跳上警车，准备追赶那辆车。

野崎见状立刻上前阻拦，提醒中村警部：

"还没见到先生。他说过，在他出现之前不要轻举妄动。"

警官们大声斥责：

"混蛋！这种十万火急的时刻还说这种话！司机，快，快追！"

警车疾驰而去。

拐过山脚，是一条几百米的直道，已经没有了那辆车的影子。再往前是一个三岔路口。

中村警部喊住正在田里干农活的农民问道：

"喂，请问，刚才有车从这里经过吗？"

"刚过去一辆。"

"走的哪条道？"

"右边那条。"

"右边！右边！"

警车上的人齐声嚷道。

于是，警车拐上了右边的路。

"看见了，看见了，在前面！不能再快一点吗？"

一条直道上，两三百米外，一辆汽车正在行驶。

"怎么回事，那车开得不快啊？还东摇西晃的。"

一名警官看着前面那辆车疑惑不解。

两车间的距离迅速拉近，很快就齐头并进了。

"不好，凶手逃走了！瞧，这车上没有司机。"

果然，驾驶席上没有人影，后排座位上躺着不省人事的富士洋子。一名警官纵身跳上驾驶席，停住了那辆车。大家一拥而上，把富士洋子抱了出来。她已经昏死了过去，浑身瘫软，但似乎没有什么大碍。

中村警部长出了一口气：

"好在我们追了上来。虽说凶手逃了，但富士洋子总算救了下来。"

"快看，坐垫在动！"

一名警官突然大叫。

"下面有东西！"

一听这话，大家立刻摆开了阵势。

只见坐垫一点点抬起，从下面爬出一个人来——原来坐垫下有夹层。

两名警官立即冲上去将那人抓住，那人毫无反抗。这好像是个工人，浑身脏兮兮的。

"喂，你是什么人？快说！"

中村警部抓住这家伙的衣领，推搡着吼道。

"混蛋！"

那人忽然冲着中村警部大吼，吓得他险些松开拽着对方衣领的手。

"中村君，你太莽撞了！放跑了凶手！"

"你到底是什么人？"

"是我！"

"啊，是你，黑柳博士。"

"当然是我。昨天，我从导演那里听说了今天要拍摄的故事情节，认定在如此严密的警戒之中，凶手要做手脚只能在这辆车上。为此，我特地和厂长商量秘密制作了这个夹层，天还没亮就埋伏在这里。你要知道，我是残疾人，待在里面难受得像断了骨头似的。"黑柳博士抚摸着假肢，"这样一来，不管凶手逃到哪里，我都能一举发现他的老巢。可你不按咱俩事先商定的去做，导致我前功尽弃，白白辛苦了一场。不过，那家伙应该没跑远，你们来的路上没遇到什么人吗？"

"没有。"

"那就怪了。汽车只是刚刚才开始不稳，在那之前应该是那家伙在驾驶啊。"

"我们向一个农民打听路了。"

"农民？在哪里……"

"就在三岔路口那里。"

"就是那家伙！那家伙肯定就是凶手！"

"什么？"

黑柳博士刚要去追，但他腿脚本就不便，又在夹层里待了这么长时间，竟然"扑通"一声摔倒在地。

阿　作

　　大家扶起黑柳博士，赶回刚才的三岔路口，但那农民早已不见了踪影。于是只好护着富士洋子回到了外景拍摄地。不料，野崎又不见了。

　　野崎去哪儿了呢？最近接二连三的怪事，特别是里见绢枝的遇害，对他造成了沉重的打击。今天又让凶手在自己眼皮子底下溜走了，还辜负了先生的嘱托，没能拦下中村警部。所有这一切让他极其不甘心，竟试图自己找出凶手。他顶着时近正午的烈日，边走边想着心事，不知不觉间已经和大伙走散了。

等回过神来，野崎已经到了一处十分简陋的农家前，越过低矮的篱笆，可以看到院子里蹲着一个男人。野崎一下愣住了——这家伙不就是刚才在农田里给他们指路的农民吗？野崎目不转睛地盯着那人，那人也死死地盯着野崎，两眼一眨不眨。

两人谁也没吭声，就这么沉默地对峙着。突然，一股说不出的恐惧从野崎心底涌了出来，他只觉得头晕眼花，冷汗直流。就在这时，那人却笑了起来。

前面不远的地方是一家点心铺，野崎冲了进去，向看店的老太太问道：

"对不起，我想打听一下，您看，就是那家，院子里正往这儿看的男人，您认识吗？"

老太太先是吓了一跳，盯着野崎打量了半天才说：

"你说阿作啊，当然认识，你找他有事？"

"他一直住在这里吗？"

"当然了。从他爷爷起就住在这里了。阿作脑子不太灵光，他是不是又惹什么祸了？"

野崎被这出乎意料的回答弄得不知如何是好。他又仔细打量了那个被称作阿作的男人，不管是长相还是衣着，不会错的，确实是刚才指路的农民。谨慎起见，他又详细地向老太太打听了阿作的情况，特别是那个自称稻垣的男人出现在关东大厦的日子和里见绢枝被诱骗出来的日子。结果老太太说，阿作最近一个月根本就没离开过村子一步。

但刚才那异样的眼神里，肯定隐藏着什么秘密！

"是不是有什么事？还不如直接问阿作好了。"

老太太向阿作打手势，招呼他过来。

阿作迟疑了好一会儿，先回到破败的小屋里，再出来时，手里抱着一团黑乎乎的东西。他并不走门，而是直接跨过低矮的篱笆，慢吞吞地朝小店走来。

"对不起，这是我捡的，以为没人要的，就……"

阿作冷不防深深弯下腰低下脑袋，把抱在手上的东西递给了野崎。那是件沾满泥土的皱巴巴的黑色西装，是拍摄时穿在绅士手下身上的，除此之外，还有黑色面罩和一张用旧了的东京地图。

"这是你捡的？"

"是的，我是不会做坏事的人。刚才有三四个人一直在附近转来转去，好像在找什么东西，我很害怕，躲在家里没敢出门。现在你又来了，都给你。"

"不，这衣服什么的你留着就好，不过你得老老实实回答我几个问题，一定要想清楚再说。刚才，你在田里的时候，有一辆坐着好几个人的车停下来向你问路了吧？我就在那辆车上啊。在我们之前，应该还有一辆车经过吧？你仔细想想，当时那辆车上有没有司机？"

"当然有司机。没有司机，谁来开车呢？"

"驾驶席上坐着司机，你亲眼看见的吧？"

"当然看见了。那辆车从我面前开过四五米远的时候，突然从车窗里扔出这么个东西来。"

"是扔出来的？"

"是啊，我觉得这么好的衣服扔掉太可惜了，就捡回了家。"

"你一直看着那辆车走远了吧？"

"嗯，一直到看不见了。"

"那有没有人从车上跳下来呢？"

"没有，没有人跳车。"

野崎没什么好问的了，把衣服交给阿作，只拿走了那张用旧的东京地图。衣服已经没有什么价值了，那显然是凶手从男演员身上扒下来的。野崎不明白的是，阿作并没看到有人跳车。虽然车驶过三岔路口阿作就看不见了，但在那之后汽车只行驶了很短的距离，如果凶手跳车，随后赶来的警车上的人不可能没看见。难道凶手就是阿作？这是最合理的解释，但阿作不管怎么看脑子都不太好使，不可能策划出这么完美的犯罪。而且点心店的老太太也说阿作最近一个月从没离开村子。她总不可能也是连续变态杀人犯的同伙吧？

野崎百思不得其解，忽然感到一种难以形容的恐怖朝自己袭来。

纸 条

第二天，黑柳博士和中村警部正在会客室轻声交谈。

"根据野崎的报告，那家伙凭空消失了。先是潜入门窗紧闭的书房留下这份挑战书，又在疾驰的汽车上凭空消失，太不可思议了！"

"这家伙难道真是魔术师？我干了这么多年警察，简直闻所未闻。"

"野崎昨天回来汇报之后就要求退出事务所，还一个劲儿地说害怕，今天也没来上班。"

"唉，这也不能怪他，就连我也觉得毛骨悚

115

然呢。"

"哈哈哈……你这么说可就伤脑筋了，真正的较量才刚刚开始呢。这张地图是那个叫阿作的农民和衣服一起捡到的，你看一下。"

黑柳博士把那张地图在桌上摊开。那上面有许多用红墨水画的X，X下面还有一到四十九的数字。也就是说，这张地图上总共有四十九个地方画了X。

"我已经跟制片厂核对过了，这不是道具，应该是凶手从车里扔出衣服时不小心一起扔出来的。"

"嗯……照这么说……"

"是的，这张地图具有非常重大的意义。"

"但是，这上面的四十九个X到底是什么意思呢？"

"这我还不清楚，但可以想象，如果可以做如此可怕的想象的话。"

"……"

"你瞧，这些X不是一次画上去的，好像是按照顺序，间隔一定的日期画上去的。墨水颜色也不同，有的已经因为摩擦变得很淡了，有的却十分

116

鲜艳。这张地图那家伙一定用了很长时间，每次有什么发现就在上面画一个X。那么，他到底发现什么了呢？按照我的推理，应该是那家伙的目标，也就是符合他的要求的年轻女性。每次发现合意的目标，他就在这地图上标记下她们的地址，然后给她们编上号。"

"原来如此。你这番推理也许是正确的。"

"我想这种事情那家伙是干得出来的。但如果真是这样的话，这张地图就是一张杀人名单，上面记录了四十九名受害者啊！"

"应该不至于吧……"

"不，迄今为止那家伙干的，都是一般认为绝不可能的事。"

一听这话，中村警部哑口无言了。

黑柳博士一边思考，一边无意识地摆弄起中村警部的帽子。突然，从帽子内侧掉出一张折得很小的纸条。

"哦，失礼了，我不知不觉就……"

黑柳博士一边道歉一边打算把纸条塞回原处。

"等一等，请让我看一下，我不记得我在帽子里塞过这样的纸条。"

中村警部接过纸条展开一看，不由得勃然大怒：

"那家伙竟然把挑战书塞在了我的帽子里！"

只见纸条上还是以工整的笔迹写着：

黑柳博士：

　　您的智谋令我折服，抓住了我完美计划中唯一的漏洞。而且若非因为警方的追捕弃车，就会被您发现我的秘密据点。但我并没有因为昨天的失败一蹶不振，相反，我将抖擞精神，实施第二阶段的计划。明天，也就是本月七日，地点依富士洋子的行踪而定，让我们一决胜负！

蓝胡子

"岂有此理，岂有此理！那家伙到底是什么时候在哪里把这玩意塞进我帽子里的？"

中村警部气得满脸通红，努力回忆清早以来的行程，就是想不起来有这么回事。

"那家伙真是个魔术师啊。"

黑柳博士竟有了一丝笑意。

中 毒

    七日一早，K制片厂就来了一群陌生人。他们混杂在演员、技师、剧务中间，手里都拿着制片厂T厂长的名片，上面有厂长亲笔写的"准予进入"字样，还盖了章。门卫前一天已经接到了命令，只要持有这种名片，一律放行。这些自然都是警视厅派来保护富士洋子的便衣刑警，足有三十多人，黑柳博士和中村警部也混在里面。

    在得知黑柳博士收到了凶手的挑战书之后，T厂长和N导演都劝说富士洋子，最好暂停拍摄。但富士洋子展示出了出乎意料的坚强和倔强：

"碰上这种变态，不管在哪里都一样危险。与其一个人在家担惊受怕，还不如跟大伙在一起。而且，如果暂停拍摄，就等于向对方表示我们害怕了，我可不甘心认输。"

上午十点左右，拍摄正式开始。

"洋子小姐，这场戏要求你有明朗的表情，未免太勉强了，要不还是改期吧。"

N导演好像比她本人还要担心。

"没关系，我早就想好了。他要杀我就尽管来吧，我倒想跟他当面谈一谈呢。"

富士洋子若无其事地开起了玩笑。说着，她向在旁边转悠的微胖的布景员瞟了一眼，那是化了装的中村警部，他正跟一个看起来像是剧务的年轻男子小声说着话：

"我还以为你已经离开黑柳博士的事务所了呢。"

"我每天都处在一种莫名其妙的恐惧里，很怕那家伙，但是又不甘心……"

那年轻男子正是野崎三郎。

"黑柳博士在哪里？我明明是跟他一块儿来的。"

"刚才还一直在大门口呢。多半又在什么地方侦查。"

此时的黑柳博士正摆出编剧的架势，拄着手杖悠闲地踱着步。

这是一个大宴会的场景：桌子、椅子、洁白的桌布、插着鲜花的花瓶、耀眼的大型水晶灯；身穿礼服的绅士和淑女们举起酒杯，有说有笑。

富士洋子的特写镜头。

扮作服务生的男演员从她身后探身给她面前的酒杯斟满紫红色的液体。一身纯白晚礼服的富士洋子一边和身旁的绅士笑吟吟地说话，一边将酒杯送至唇边。

中村警部、野崎和两名警官站在摄影机边上看着，颇为担心地问N导演：

"真要喝吗？"

"是的，要喝一半。没关系的，那不是酒，只是加了色素的水。"

"但是……"

中村警部想提醒N导演注意，可这时富士洋子已经喝了起来。

拍摄在继续，桌边的男女谈笑宴宴，摄像机按照既定的安排把眼前的一幕幕收入镜头。

"停！停！"

突然，中村警部大声喊道。

在场的所有人都被吓了一跳，一齐看向中村警部，只有一个人例外，那就是富士洋子。她似乎对身边的骚乱充耳不闻，两肘撑在桌上，两眼发直，脸上血色渐褪，就连眼珠的颜色都变了。等大家意识到她出事了，齐齐把目光投向她的时候，只见她眼睛一闭，瘫倒在了桌下。

摄影棚里顿时一片大乱，人们各自喊着什么拥向富士洋子。她旁边的男演员I使劲儿摇晃她的肩膀：

"洋子小姐，洋子小姐！"

可富士洋子全身软绵绵的，没有任何反应。

中村警部早就冲了过去，一把抓住了刚才给富士洋子斟酒的扮演服务生的男演员。

"喂，你那瓶酒是从什么地方拿来的？"

那人已经被吓傻了，语无伦次地辩解着。旁边的几名工作人员也帮他说话：

"他没有什么好怀疑的，我们共事很长时间了。"

于是，中村警部又找到了管道具的布景员。

很显然，有人下了毒。

N导演把富士洋子托付给男演员I，自己慌忙跑到厂长室找T厂长汇报去了。

"投毒？！"T厂长得知之后大惊失色，"还有救吧？快给H医院打电话！"

N导演赶紧抓起桌上的电话大喊：

"H医院！快接H医院！就说有人中毒，让医院快派救护车来。"

医　生

　　不一会儿，一辆救护车停在了制片厂门前，车上下来一位白发银须的医生。正焦急地等在门前的人们一见医生来了，赶忙让路。因为从发现富士洋子中毒到现在也不过十几分钟，此刻她还躺在摄影棚的地上。

　　老医生一声不吭，从随身带来的手提箱里取出各种器具仔细检查，足足十分钟后才开口：

　　"嗯，好像是麻醉剂，不会有生命危险，但是稳妥起见，需要做进一步的检查和治疗，最好送到医院去。"

"就按您说的办，拜托了。"

T厂长答道。

"那好，救护车就停在外面，请帮忙把病人抬到车上。"

"喂，来人哪，把富士洋子抬到救护车上，快！"

厂长急忙大声招呼。三个青年立即赶到躺在地上的富士洋子身边，小心翼翼地将她从地上抬了起来。

就在这时，好一阵子不见人影的野崎突然出现在N导演身边耳语起来。

"哎，你说什么？"

N导演大吃一惊，不由得大声反问。

野崎到底对N导演说了些什么？

他在富士洋子倒地的瞬间就产生了怀疑。在达到目的之前，蓝胡子是不可能这么轻易地杀死富士洋子的。恐怕只是用麻醉剂将富士洋子弄晕过去，再趁机把她带走。那么，他要怎么带走她呢？想到这里，他瞪大了眼睛，严密监视着摄影棚内的动静。很快，老医生来了。白发银须，戴着大眼镜，这副模样让他倒吸了一口凉气，赶紧向身边的演员打听：

"他确实是H医院的医生吗？"

"应该是吧。不过，这医生从没见过。"

"你最近不是在H医院住过院吗？"

"是的，但我在医院里没见过他。"

听到这里，野崎赶紧跑到办公室，拨通了H医院的电话。

"什么？我们医院没派人去你们制片厂啊。刚才确实接到了急救电话，还准备了医务人员和救护车，但你们紧接着就打来电话说不用了。"

野崎连电话都顾不上挂好，拔腿就往摄影棚跑，向N导演说明了情况，请他务必拖住老医生，自己则若无其事地离开了。

N导演虽然半信半疑，但还是按野崎的交代问老医生：

"医生，我想问您一下……"

"什么？"

老医生走在抱着富士洋子的三个青年前面，听到问话，猛地转过头来。N导演顿时语塞，迟疑不

127

决。两人之间陷入了短暂的沉默，只是互相看着对方的眼睛。老医生似乎从N导演的脸上看出了一切。突然，老医生原本佝偻的身体舒展开来，萎靡困顿的表情也一扫而空，完全就是一个体格强健的壮年男子。众人还在惊讶之中，那人已经飞奔起来，一眨眼的工夫就冲进了第三摄影棚。

终于回过神来的警官们怒吼着追了上去。制片厂年轻气盛的工作人员紧随其后。

第三摄影棚里光线昏暗，而且到处堆放着大大小小的道具，使原本宽敞的房间变得拥挤不堪，简直就是间大仓库。不仅如此，棚里还搭建有街区布景，隔出了弯弯曲曲的街巷。更有一个巨大的盛满水的水槽，里面漂浮着一艘军舰模型。要在这样的环境里追捕逃犯，简直就像在草丛里捉一只虫子。

大家在摄影棚门前停住了脚步，因为根本不知道那家伙藏到了什么地方，棚里又昏暗如同暗夜，有种说不出的恐怖感。

就在大家踌躇不前的时候，中村警部和野崎赶来了，带领大家一起冲进了摄影棚。他们做了分工，四五个人一个小组，分区搜索，并在所有出入口都安排了人把守。

　　"那家伙已经是瓮中之鳖，一定要抓住他。"

　　中村警部守在摄影棚的门口，满脸兴奋。

脱　身

　　但是，那家伙可不是那么容易束手就擒的。

　　越往摄影棚里面走，各种道具就越多越杂乱，光线黯淡的小吊灯照亮的范围有限，反而制造出不少令人心虚的阴影。不要说自告奋勇的制片厂工作人员，就连刑警们也觉得心里有点发毛。

　　他们就这样在这迷宫中战战兢兢地摸索着前行。突然，一道刺眼的亮光从背后射来，将众人的影子投射到面前的道具墙上。大家吓得一哆嗦，连忙回头看去。

　　"是我，是我！"

是摄影助理。原来他找来了补光用的射灯。摄影棚里有各种各样的用于拍摄的灯，经他一提醒，原本昏暗的摄影棚里很快亮起了各色灯光。各种颜色、粗细不一的光柱像探照灯一样在摄影棚里四处扫过。当一束光柱扫过顶棚的时候，突然有人惊叫起来：

"啊！在那里，在那里……"

顶棚上装有悬挂摄影机的轨道，只有一尺宽，刚才那个白发老医生正趴在上面向下窥探。一名警官立即冲向架铁轨的柱子，身手敏捷地攀缘而上。那家伙没有丝毫逃跑的迹象，反而摆开架势要与爬上来的警官放手一搏。警官见状稍一迟疑，就大喝一声冲了上去。

凶手不住后退，警官步步紧逼，地面上的众人屏息注视着天棚。

轨道上的惊险搏斗开始了，双方都极力保持平衡，避免用力过猛。擅长器械体操的警官敏捷地转动身体，企图将凶手推下去，但那家伙似乎比他还要灵活。只见他假装就要摔下来，却用两只脚钩住了轨道，倒是警官一时间以为自己得手，放松了警惕，"扑通"一声摔进了巨大的水槽里。等他落汤鸡似的爬出水槽，那家伙早已从轨道上跳到一根顶梁上去了。

地面上的众人一边仰着头追着凶手，一边还要小心各种道具，反而不如那家伙在上面轻松。但不管怎么说，有这么多人守着，那家伙无论如何也是逃不出这间摄影棚的。只要等他筋疲力尽，自然就会下来投降了。

十分钟，二十分钟，那家伙终于力竭了，脚下一个不稳，重重地摔落到了地上，好像昏死了过去，躺在地上一动不动。

"快把他绑起来！"

中村警部命令道。

一名警官冲上去骑到了凶手身上，只听"砰"的一声，警官仰面摔倒，呛人的气味直冲众人的鼻子。那家伙哈哈大笑，手里黑洞洞的枪口指向了众人。原来那名警官被击中了肩膀。

大家没想到凶手有枪，不由得连连后退。

凶手用枪指着大家，不让人靠近他，慢慢地向摄影棚黑暗的角落里移动。

"现在这种场合，举起手来才是最大的礼貌哦。"

他郑重其事地发出警告，然后咔咔地笑了起来。

大家无可奈何，只得乖乖举起双手。

趁此机会，凶手躲进了摄影棚一角的背景布后边，但枪口始终透过缝隙指向众人。

"只要动一动，我可就要开枪了。"

大家毫无办法，只能举着双手站在那里，连受伤倒地的同伴都不能照顾。那家伙似乎也没有什么别的办法，一直在背景布后面举着枪指向众人。

就在这时候，黑柳博士终于出现了。中村警部见状稍稍打起一点精神，虽然双手还是高高举着，脸却凑到黑柳博士耳边低声说道：

"好不容易把凶手追到这里，眼看胜利在望，没想到那家伙竟然有枪……"

黑柳博士两眼盯着背景布后伸出的枪口，轻声答道：

"我见你们包围了凶手，就打算先去抓住司机，没想到那家伙早就溜了。"

中村警部不由得对黑柳博士心生佩服，自己竟然忘了司机，真不愧是黑柳博士，考虑得太周到了。

"不仅如此，我还上了那家伙的当，被关在了那边的空房间里。那房门还真结实，我费了好大的劲儿才出来。"

黑柳博士似乎并不把眼前的歹徒放在眼里，自顾自地说着。

"这些以后再说吧。"中村警部非常着急，"当务之急是抓住这家伙，你有什么好主意吗？"

"凶手那样躲在后面能射中我们吗？只要我们别这么集中在一起就没问题了。大家往后退，退得远一点。"

黑柳博士从容不迫地说着，分开人群朝歹徒黑洞洞的枪口走去。

见博士拖着假腿，拄着手杖，一步一步地走向凶手，大家不由得目瞪口呆。

摄影棚里压抑沉闷的气氛继续了好一会儿。

躲在背景布后的凶手面对根本不把他放在眼里

的黑柳博士，会采取什么行动呢？那家伙只是一声不吭，继续保持着可怕的沉默。

黑柳博士突然加快脚步，奋不顾身地扑了上去。一阵巨响过后，背景布倒在了地上，只是非常意外的是，没有听到枪响。

黑柳博士大叫：

"糟啦！快追！应该还没跑远。"

大家一看，背景布后空空如也，背后的墙上有一个直径足有一米的大洞，那把手枪被一根绳子系着，此时正挂在黑柳博士的手指头上悠来荡去。

摄影棚的所有出入口都有人把守，那家伙肯定还在制片厂里，大家立即分头展开搜索，黑柳博士和中村警部则留下来，查看刚才的现场。

"那家伙化装了！"

黑柳博士从角落里拽出一团东西，是一件肥大的西装，里面裹着白色的假发、眉毛、胡子，还有一副大眼镜。

黑柳博士与中村警部面面相觑，半晌没有说话。过了一会儿，黑柳博士露出一种奇怪的表情，慢悠悠地说道：

"会不会又被他逃了？"

"什么？"

"我是说，他可能已经逃出制片厂了。"

两人围着摄影棚逐个门口查问，第一个，第二个，都没有问题。在第三个门口，终于发现了问题。

"有人出去吗？"

"没什么可疑的人出去。"

"那就还是有喽？"

"是个布景员。"

"记得他的模样吗？"

"这……我没怎么留意，而且他好像挺着急，跑得很快，就……好像夹着一件西装外套。"

"为什么不抓住他？"

"他只是个布景员，所以……"

"混蛋！你难道不知道凶手擅长化装吗？"

中村警部勃然大怒，警官被吓呆了，一句话也说不出来。

中村警部申斥部下的时候，黑柳博士已经跛着脚向大门口跑去了。

　　制片厂很大，最近的第三摄影棚到大门口也足有上百米远，门卫并不清楚里面的骚乱，面对黑柳博士的质问，他眨巴着眼睛答道：

　　"刚才是有两三个人出去了，可都是来制片厂参观的……"

　　"中间有没有布景员？"

　　"没有，都是穿西装的绅士……啊，对了，你这么一说倒提醒我了。最后出去的那个人戴了顶鸭舌帽，长得不咋地，让我把这封信交给黑柳博士，说完就走。你知道黑柳博士在哪里吗？"

　　"什么？信？我就是黑柳，快把信给我看。"

　　说是信，其实是一张从笔记本上撕下来的纸，折成了三折。打开一看，是用铅笔写的，字迹潦草，内容如下：

　　　　我一向言出必行，说了七日就一定是七日，直到今天最后一秒。

　　　　　　　　　　　　　　　　　　蓝胡子

那家伙先是化装成布景员逃出第三摄影棚，之后又在去大门的途中换上西装，戴上鸭舌帽，大摇大摆地从门卫眼皮底下溜走了。

追上来的中村警部愤怒地挥起拳头：

"这个畜生！又让他跑了。喂，那家伙是什么时候离开的？"

"大约十分钟前。不过他走得很急，现在恐怕……"

可中村警部还是不甘心，召集部下分头追捕，特别要仔细搜索从制片厂去车站的各个路口。但如果凶手如之前推测的一样自己有车，只要坐车离开，就什么线索都不会留下了。

"简直太狂妄了！难道今天他还要再对富士洋子下手？"

"他说来就一定会来的。"

"黑柳君，你不是在夸奖那家伙吧？"

中村警部对此颇为不悦。

"哈哈哈……那怎么可能。"

"不管怎样，我们还是要提高警惕。富士洋子怎么样啦？"

"不必担心，已经护送回房间了，T厂长、N导演和女演员们照顾着呢。现在可能已经醒了吧。我们今天的警戒措施可是大大的失败啊，不仅人太多，而且让各位警官装扮成工作人员也是大错特错。"

"的确如此，摄影棚里人又多又杂，乱哄哄的，反而碍手碍脚。"

"那么，接下来我们换个法子怎么样？就你和我两个人。凶手目标很明确，只要我们守在她身边，就不会出问题。而且我们也不会像其他人那么容易被骗。"

"倒也是。就这么办！"

中村警部摩拳擦掌，跃跃欲试。

人　偶

　　富士洋子醒过来后没有送往医院，而是来到了
T厂长的别墅。那栋别墅就在制片厂附近，是一栋
新近建成的西式建筑，楼上的客卧现在成了富士洋
子的病房。

　　H医院的院长亲自出诊，他是T厂长和N导演
的老熟人了，又是T厂长派专车接来的，应该不会
有什么问题。随他一起来的护士，是院长最为信赖
的，担任富士洋子的特别护理。

　　病房除了T厂长及其夫人、N导演、女演员S、
黑柳博士、中村警部以及那位护士外，严禁其他

人进入。

别墅四周是高高的水泥围墙，顶端还有防盗栅栏。中村警部与黑柳博士商量后，派出三个最可靠的部下，和野崎分别把守大门和后门。

富士洋子睡得很熟，床头柜上摆着医院送来的药，朝向院子的窗子大开着，窗外的树木一片葱郁。

富士洋子只是服下了麻醉剂，只要卧床休息即可，没什么大碍，T厂长和N导演也就放心了，都回到了制片厂。

中村警部问黑柳博士：

"之前你说被关在了空屋子里？"

"嗯，不值一提的小圈套。但是那家伙确实擅于揣摩人心。当时，我正仔细查看每一个角落，突然发现一处很不起眼的角落里有一个白粉笔画下的箭头，而且那下面还有数字。我想，这会不会有什么特别含义，于是就开始按照箭头指示的方向展开搜索，果然又在厕所外墙、电线杆之类的不起眼的地方找到了相同的箭头标记，每一个下面都有数字，从一一直到十三。我按顺序一路找过去，最后一个地方没有箭头标记，而是一个圈。也就是说，那里是最终的目的地。"黑柳博士说到这里稍稍顿了一下，"我后来向N导演打听，才知道那是制片厂有名的幽灵房间。据说曾经有演员在那里自杀，后来就出现了幽灵，于是大家都不敢再靠近那里，那个房间就成了堆放杂物的仓库，很长时间都没有再打开过。"

"是说那个房间吗？"

女演员S插嘴道。

"我当时也没多想，打开房门就走了进去，没想到门'砰'的一声关上了。因为房间里太黑，我就想回身去把门打开，没想到外面有人把门锁上了。我心知不好，马上就想到从窗户逃走，但窗外放着大型机器之类的东西，一个人怎么也推不动。我试图大声呼救，但那附近根本没有人。最后，我用在房间里找到的木棒打碎了门上的厚玻璃才得以脱身。"

"也就是说除了我们见到的那个家伙，还有其他同伙？"

"毫无疑问，肯定还有其他同伙，不然的话就没法解释酒瓶里的麻醉剂了。"

"说到麻醉剂，我们已经详细调查过了，查不出是谁干的。"

就在两人交谈的时候，夜色渐深，什么事也没发生。女演员S回家了，T厂长的夫人也回到了自己的房间。T厂长从制片厂回家后来看了看，此时也已经回到了自己的房间。富士洋子脸朝着里睡得很熟，坐在床边椅子上的护士也打起了瞌睡。时钟指向了十一点。

"你到隔壁房间休息吧，有事我会喊你的。"

黑柳博士拍了拍正在打瞌睡的护士的肩膀。护士推辞一番之后还是离开了。

房间里就剩下富士洋子、黑柳博士和中村警部三个人了。

"我看那家伙不会来了。"中村警部嘟囔着，站起来伸了个懒腰，走到窗前探身看了看宽敞的院子，"他不可能从这里爬上来，没什么可以借力的地方。那么就只能从门进来了。那里可是有荷枪实弹的警官守着呢。"

"还有一个小时呢。"

黑柳博士的语气很冷淡。

正如中村警部所说，凶手绝对无机可乘，他俩即便上厕所也是轮流去，房间里至少有一个人陪着富士洋子。而且按照黑柳博士的建议，他们俩每人都配了一把手枪。

中村警部站起身来说：

"我去一趟厕所，顺便看一下大门和后门的情况。"

厕所在楼下相反方向的走廊尽头。中村警部从厕所出来后，径直朝大门走去。负责把守的警官埋伏在大门外的树丛里，瞪大眼睛注视着大门周围的动静。

"野崎君呢？"

"他说去后门看一下。"

警部沿着围墙来到后门，那里的两名警官也十分尽责。

对于部下们忠于职守的表现，中村警部十分满意。返回病房后，他跟黑柳博士说起了刚才检查的情况，博士也满意地点了点头。

时钟已经指向十一点五十分了。

"再过十分钟就十二点了。这短短的十分钟里，富士洋子怎么可能遭到绑架呢？"

中村警部打着哈欠说。

"中村君，不要小看他，要知道那家伙至今为止都是言出必行的。"

"之前我们确实大意了，环境又比较复杂，但现在情况不同了。富士洋子就在我们眼皮子底下，还有配枪的刑警把守前后门，那家伙根本无隙可乘。"

"这很难讲。就说那几封挑战书吧，都是神不知鬼不觉地送到我们手上的，谁知道他这次还会有什么新花样。"

黑柳博士似乎对中村警部轻视对方颇有微词。

"你觉得他一定会来？"

"不能不信啊。"

"只有五分钟时间了，难道……"

"直到最后一秒，不能有任何大意。"

中村警部不由得看向躺在床上的富士洋子。她仍然面朝里躺在床上，只露出一个脑袋，似乎睡得很香，一动也不动。

一分钟过去了。

中村警部不知为什么焦躁起来，剩下的四分钟对他来说简直是种煎熬。他先是关上窗户，插上插销，又把房门从里面反锁了。

黑柳博士没有吭声，只是默默看着中村警部。

还有三分钟……

还有两分钟……

黑柳博士和中村警部的鼻尖上都渗出了汗珠，死死盯着床上富士洋子的后脑勺。

十二点终于到了，一切平安无事！

"终于可以放下心了。"

中村警部长出了一口气，但马上又紧张起来——那家伙不会在时钟上做了手脚吧？让我们误以为时间已经到了，等我们放松下来，再伺机下手。他抬手看了看自己的手表，确实已经过了十二点。

"难道那家伙的表慢了？"

这次他彻底放心了，竟然有心情跟黑柳博士开起了玩笑。

然而，黑柳博士仍是一脸严肃。

"你真以为那家伙失败了？"

此刻，时间已过了十二点，富士洋子就躺在床上，那家伙没出现，答案显而易见。但黑柳博士的话让中村警部突然有一种难以言喻的预感传遍全身。

"床上的，该不是富士洋子的尸体吧？"

"在达到目的前，他应该不会杀害富士洋子，但是……"

黑柳博士说着走到床边。突然，他脸色大变，猛地一把抓住富士洋子的肩膀，把她从被窝里拽了出来，然后诡异地甩在了地上。

中村警部大惊失色，难道博士疯了？他连忙从身后抱住黑柳博士，不知所措地大声问道：

"怎么回事？"

"看，富士洋子已经不见了！"

黑柳博士挣开中村警部的手，气得浑身发抖。

中村警部走过去一看：

"人偶！"

"我们一直在这里守着的，居然是人偶……"

黑柳博士颓然瘫软在椅子上。

追　踪

　　现在，我们再来看看野崎三郎当晚的行踪。

　　他一直和一名刑警在大门外埋伏着。和黑柳博士一样，他对凶手的能力有充分的认识。所以随着时间越来越少，他反而越发不安起来。

　　"即便博士和警部布置下了如此严密的警戒措施，但那家伙一定有什么办法能够绑走富士洋子。"

　　野崎对此几乎确信无疑。

　　"一会儿，一定会有人从这个大门口大摇大摆地走进去，因为那必定是一个不会被任何人怀疑的人。但不管是什么人，只要迈进这个大门一步，就一定是那家伙。"

他把自己的想法也告诉了三名警官。

白天，前门来过两三名访客，因为T厂长不在家，只在玄关说了几句话很快就离开了；医院送药的护士也是在玄关把药交给女佣就走了；邮递员只是把邮件塞进了大门口的信箱里，根本就没进门。

后门那边，女佣出去了两次，一名警官跟着去了，一次是去买冰块，一次是去买吃的，都很快就回来了，没有任何可疑之处。

入夜之后，既没有访客，也没人外出。就这样，十点，十一点，夜越来越深了，野崎愈发焦躁起来。终于，他再也忍不住了，决定沿围墙外侧巡逻一圈。

他跟搭档的警官打了一声招呼，便独自沿着围墙开始了巡逻。

从前门往右走没多远就能到后门，但是这次他向左手边走去。那一带原来是水田，最近被填平了，变成一大片空地，长满了野草。

"从富士洋子房间的窗户就能看到这里吧？"

野崎这样想着，又拐了一个弯，来到了别墅的正后方，同样是一片长满了杂草的空地。突然，他猛地停下了脚步——那里停着一辆汽车，没有开灯，没有任何声响，就那么静悄悄地停在那里。

"这里怎么会有汽车？"

野崎正想着，在距离汽车不远处的围墙上，有什么东西动了一下。是人！

野崎赶紧藏到杂草丛里，屏住呼吸盯着墙上的人。只见那人腋下夹着绳子之类的东西，悄无声息地跳到了地上。但墙上还有什么东西。那人跳到地上之后，不知从哪里拿来一根棍子，把墙上的东西捅了下来，然后抱起来费力地朝汽车走去。

啊，明白了！是沙袋！把它放在围墙上，就不用担心防盗栅栏了。看来这家伙是在收尾了，那么，富士洋子……

野崎正想着，那家伙已经坐进了驾驶席。怎么办？扑上去同他搏斗？恐怕自己不是对手，而且搞不好那家伙还有枪。大声呼救？即便院子里的人听到了立即赶来，对方也早就驾车跑远了。

突然，野崎下定决心，匍匐在地上迅速朝汽车爬去，终于在汽车发动之前牢牢抓住了后备箱。借着夜色，野崎看到后排座位上瘫软着一个姑娘。

汽车尽选没有路灯的小路，一路飞驰，很快来到京浜国道上。已经是深夜，路上看不到行人，只偶尔有汽车擦肩而过。不过三十分钟，车就到了品川。

驶入东京市内后，司机愈发小心翼翼，专捡冷清僻静的小路走。虽说如此，但毕竟是市内，不可能一个人都遇不上，只要有行人发现趴在车后的野崎，或有其他车追上来……

就在野崎的手脚已经几乎没有知觉的时候，终于有一个行人发现了他。

"喂，司机，车后有人！"

那人一边大叫，一边追着车跑了一二十米。

听到喊声，汽车不但没有停下来，反而加速向前冲去，在路口拐弯时，险些把野崎摔下来。直到来到一处没有人的僻静街巷，车终于停了下来。野崎立即跳下车来，摆出了迎敌的架势。这里一边是一家工厂的围墙，一边是一条河，眼下已经没有行人，周围也没有可以藏身的地方。

突然，野崎改变了主意，敏捷地趴下，钻进了车底。

"难道是我听错了？"

司机嘟囔着绕着汽车转了一圈，什么也没发现，又回到了车上。

野崎听到关车门的声音，赶忙又爬出车底，重新趴回了车上。

汽车又行驶了一阵子，缓缓停下，这回好像是到达目的地了。野崎赶紧离开车，好在这里的街道不宽，他悄悄躲到了对面的屋檐下。

司机做梦也不会想到有人跟踪到这里，下车打开后排车门，拉出一个年轻女子，抱起来走进了路边一个院门。

后来才知道，这里正是自称稻垣平造的家伙诱骗里见芳枝来的空屋。

那家伙不知为什么忘了关车灯，他抱着那姑娘从灯光中穿过的时候，野崎清楚地看到她的脸，正是富士洋子。但抱着她的那人却不是白天大闹制片厂的蓝胡子。这个人要瘦小得多，看起来也更年轻。那张脸野崎好像在哪里见过。

那人抱着富士洋子消失在院子里好一会儿，野崎仍然一动不动地站在那里努力回想。是谁？到底是谁呢？突然，野崎恍然大悟——那家伙不就是叫平田东一的不良青年吗！

与此同时，T厂长的别墅里混乱不堪，喊声四起。大家先后赶到富士洋子的病房里，在惊得目瞪口呆的众人面前，一颗人偶的脑袋滚在地上，似乎在嘲笑乱作一团的人们。

"我已经让把守前后门的刑警在周围仔细搜索，虽然应该已经没什么用了。"

中村警部返回房间向大家报告，脸上全是汗水。

"确实已经没用了。这偷梁换柱的把戏大概不是刚才上演的，也许从一开始，我们保护的就不是富士洋子，而只是这个人偶脑袋。"

黑柳博士的额头上也渗出了汗珠，显然并不是因为天气炎热。

"自从富士洋子来到这里，身边一直都有人守着，连一分钟的空档都没有。而且外围的警戒也十分严密，就算有人能进来，要怎么把她带出去呢？黑柳君，你怎么想？"

"医院有人来过，但他们应该不会有什么问题吧？"

黑柳博士看着T厂长夫妇，两人连连点头，表示没有问题。

"而且医生回去的时候，富士洋子的脸还是朝外的，也就是说那时候还不是人偶。打那以后，这房间里始终有人。其间，我和中村警部轮流去过几次厕所。中村君，我上厕所时，你没离开过吧？"

"当然！"

中村警部有点不高兴地答道。

"我也是。而且即便我们中的一个曾经离开过，但是要带走一个大活人，总会有抵抗的，至少不会一点声音都没有。时间上也不允许，不可能在那么短的时间内完成这一系列动作。"

"而且他要怎么把人带出去呢？前后门都有人把守，那就只有窗户了，但这窗户这么高，又没有什么可以借力的地方，很难想象背着或者抱着一个大活人从这里下去。"

"恐怕使用了绳梯。"

"绳梯？那怎么可能！要从地面把绳梯扔上来挂住窗框根本不可能，即便能成功，总会发出声响吧？这房间里一直有人，不会听不到的。"

就在这时，一名刑警闯了进来。

"野崎君不见了！他说要去后门看看，结果再也没回来。我一路找过去，在后面的空地上发现了轮胎印。"

"什么？"

黑柳博士、中村警部和T厂长等人立刻拿起手电，跟着那名警官赶到了屋后的空地上。果然，那里有崭新的轮胎印，还有鞋印。

"那家伙还是翻墙了。"

中村警部马上做出判断，然而围墙内外都是草地，没留下什么有价值的线索。

"现在连野崎君也不见了，更不能置之不理了，只能沿着轮胎印追下去了。"

黑柳博士说着就要走。也许是从早晨忙到现在，假肢非常疼痛，他跛得更厉害了，走起路来十分吃力。

"黑柳君，别勉强！追踪的事交给我们吧，你先休息一下。"

"不，这种时候怎么能休息呢。我可以的。"

黑柳博士不服输，忍着疼痛坚持着。但刚走了两三步，就一声惨叫，倒在了地上。

中村警部他们赶紧跑过去，只见黑柳博士躺在地上双手抱着假肢紧咬牙关。

"要不要紧？没受伤吧？"

"嗯，没什么大不了的。"

然而好不容易站起来的黑柳博士，刚跨出一步又倒在了地上。

"还是去医院吧。"

T厂长提议道。

"没关系！我也是医生，可以自己应付。不过今晚恐怕帮不上什么忙了。可以借您的车送我回去吗？"

T厂长赶紧吩咐人备车。

黑柳博士的腿伤比想象得严重得多，从第二天开始就不得不卧床静养了。这样一来，中村警部就更难办了。

地 窖

平田东一把昏迷不醒的富士洋子抱进空屋后，很快就出来，开车离开了。

野崎一时拿不定主意，到底要跟上那辆车，还是进这院子里去。

蓝胡子一定就在这里面，等着平田东一把富士洋子带来。

虽然十分担心富士洋子的安全，但野崎并不是一个十分胆大的人，此时院子里静得让人不寒而栗，野崎觉得那家伙一定就在某个黑暗的角落里埋伏着，等着他自投罗网。

就在野崎犹豫不决的时候，平田东一已经赶了回来。他应该已经把车停在了附近的某个地方。

玄关门打开了，平田东一消失在了屋子里。

野崎再也忍不住了，来不及细想此时屋里已经有两名歹徒，自己将处于更加不利的境地，只是担心富士洋子的安危，什么预案都没有，就跟在平田东一身后潜进了屋子。

屋子里一片漆黑，也许是为了避免暴露，平田东一进屋之后没有开灯，而是打开随身携带的手电照着脚下，一路往里走去。野崎蹑手蹑脚地紧随其后。

这空屋似乎比在外面看起来要大得多，而且结构十分复杂。野崎跟着平田东一从一个房间转到另一个房间，有时还要经过屋外的走廊。最后，平田东一竟沿着狭窄的楼梯朝地下走去。楼梯尽头是一扇看起来很结实的拉门，平田东一像是费了好大劲才把门拉开，随后就消失在了门后。

突然，手电光消失了，只剩下伸手不见五指的黑暗。野崎只好摸索着走下楼梯。刚走了五六步，就觉得有什么东西从身边掠过，紧接着，背后传来"咔嚓，咔嚓"的响声，门被关上了。

"混蛋，你以为我没发现你？你就在这里好好休息吧，里面可是有你好多朋友啊。"

是平田东一的声音。

上当了！野崎后悔莫及。这里只有身后那一个出口，门看上去非常结实，他自己根本打不开。他茫然站在黑暗中，好一会儿才勉强自己冷静下来。既然已经被发现了，也就没有什么好顾虑的了，当务之急，是找到光源。他摸了一下口袋，大概是刚才趴在车上的时候弄丢了手电。他不抽烟，所以口袋里也没有打火机或者火柴。

无可奈何，野崎只得在黑暗中摸索着前行。墙壁很厚实，他试着敲了几下，听声音没有隔壁房间，外面应该就都是泥土了。他摸着墙转了一圈，发现这房间很大，而且不是四四方方的，像是八角形的。

"怎么会有这么大的地下室？而且还是八角形的。"

野崎极力控制自己不安的情绪。

很快，他想明白了其中的关键。这不过是黑暗中的错觉而已。失去视觉的人依靠手的触觉沿着房间的墙壁前行，意识不到自己已经转了一圈回到了原来的地方，就会觉得自己身处一间大得多的多角形房间。爱伦·坡的《陷阱与钟摆》中有过详细的介绍。

实际上，这只是一间很小的普通的地下室。

但是，平田东一刚才的话是什么意思？有好多朋友……这里不是只有自己吗？难道黑暗中还有其他人，随着野崎的行动步步后退，缩在他碰不到的地方窥视着他？不，或许根本就不是人，而是别的什么动物。

野崎屏住呼吸站在黑暗里，一动也不敢动。

黑暗中没有一丝声音，连呼吸声都没有。

就这么在黑暗中僵持了好几分钟，野崎终于下定决心，双手向前伸出，摸索着朝房间中央走去。

手好像碰到了什么东西，是大木桶，一个，两个，三个，四个，五个，总共有五个。摸了摸，表面湿漉漉的。原来，这里是放腌菜的地窖，怪不得一直有种奇怪的味儿直冲鼻子。

野崎被关在地窖里大约半小时后，空屋最里面的榻榻米房间里，两个人正在交谈。一个是平田东一，另一个是蓝胡子。

"怎么样？那家伙没大吵大闹吧？"

是蓝胡子嘶哑的声音，正是自称稻垣平造的家伙。

"他再怎么折腾也不可能逃得出来。"

平田东一答道。

"但是，把他关在那里可不合适。地窖上方的仓房里关着富士洋子。"

"没关系，富士洋子还没醒呢。在那之前把她抱到浴室不就行了。"

"还有那些木桶。"

"你说那个啊。那家伙反正已经再也出不来了，即便发现什么又有什么关系。"

"不错，不错。再说富士洋子也到手了，接下来要上演最后一出大戏。"

“真是想想就让人激动啊！”

“不过，那些家伙没问题吧？”

“当然。所谓不良少年，正适合干这种事情。而且他们都是我精挑细选出来的，绝对不会有什么问题。”

“他们不会发现什么吧？”

“放心吧，他们只管收钱，对其他事情才没什么好奇心。”

搏 斗

富士洋子醒了过来。周围一片漆黑，自己究竟
睡了多长时间？这里到底是什么地方？一无所知。
她伸手摸了摸身下，是冰冷的地面，而且满是灰
尘，能够嗅到一股腐烂的气味。

难道自己已经落入了蓝胡子之手？脑袋感觉很
不舒服，大概是麻醉剂吧？不过到底是什么时候被
灌的药？又是怎么被弄到这里来的呢？

富士洋子躺在黑暗里，努力地希望回想起什么
有用的线索。突然，有人说话：

"谁在那里？"

这声音听起来有点耳熟，可就是想不起来。那声音又说：

"难道……难道是富士洋子小姐？"

声音似乎是从地板下面传来的，虽然听起来不像是坏人，但没弄清楚对方是谁就回答，也许会招来危险。

"你是谁？"

富士洋子战战兢兢地问道。

"啊，果然是富士洋子小姐。我是黑柳博士的助手，叫野崎。"

富士洋子所在的库房和野崎被关押的地窖只隔着一层地板。刚才，野崎听到了富士洋子醒来时的呻吟声，所以才会主动发问。

"这里到底是什么地方？"

"是蓝胡子的大本营。你是被他们绑架来的，我一路跟踪，不料却被发现了，所以也被关在了这里。"

"那就是说，我已经落入他的手里了，是吧？"

富士洋子挣扎着站起来，在黑暗中四处摸索，试图找到门窗之类的出口。但这里根本没有出口，唯一的门也从外面锁上了。一番折腾之后，她又软瘫瘫地躺回了地上。

"不行，根本出不去。"

"不要放弃，还有我呢。我们肯定能想出逃出去的办法。"

从下边传来野崎坚定的回答。

不一会儿，房间里忽然亮了起来，原来是头上的灯泡亮了。

富士洋子环视整个房间，什么装饰也没有，墙壁看起来很厚实，其中一边是木板墙，上面装了一扇门。从木板的颜色来看，似乎是最近装上去的。

奇怪的是，木板墙上贴着一张很大的美女广告招贴。

富士洋子目不转睛地盯着招贴上的美女，美女也回望着富士洋子。她不由得浑身哆嗦起来——那美女的眼睛居然是活的。

她本能地抬起手摆开防卫的架势，却无意间碰到一个硬物，是匕首。自从收到蓝胡子的警告，她就随身藏着一把匕首以防万一。现在，这匕首给她壮了胆。她把它掏了出来，死死地盯着招贴上的美女。但此时那美女的眼睛又没有了生气，只是极平常的印刷品了。

正在这时，木板墙后传来了"咔嚓咔嚓"的开门的声音。富士洋子赶紧把匕首藏好，摆开架势，两眼紧盯着房门。

门开了，走进来两个男人。

"快把你那个危险的玩具交出来吧。"

年纪大些的男人走到富士洋子面前伸出了手。

"你是谁？"

"你应该知道我是谁。先不要管那个了，快把那玩意儿交出来。"

"我不知道你在说什么。"

"哈哈哈，装傻可没用，快把匕首交出来！"

他怎么会知道匕首的事？啊，明白了！招贴上的美女的眼睛果然是真的。有人在那里设置了机关，从外面可以窥视里边。

"这位小姐可真厉害。"

蓝胡子转向平田东一笑了。

"那好，我只好来硬的了。"

说着，蓝胡子张开双手扑向富士洋子。

富士洋子见状，手握匕首敏捷地闪开。

对手是两个成年男人，她根本毫无胜算。对蓝胡子来说，这正好做他的开胃菜。平田东一则站在旁边笑嘻嘻地看着，根本不动手。

就在这时，先是"咣当"一声巨响，好像是什么东西掉在了地上，紧接着传来"啊"的一声惨叫。三个人不由得一愣，都不由得停下了动作。

是野崎。

大概仓房和下面的地窖共用一个开关，就在富士洋子头上的灯泡亮起来的同时，地窖里的灯也亮了。野崎听到了头顶上的脚步声，随后是两个男人与富士洋子的对话，然后是富士洋子与蓝胡子的对峙。

不好，富士洋子有危险！

野崎在地窖里急得团团转，却束手无策，只是觉得应该尽可能接近上面的房间，于是非常愚蠢地爬上了地窖中央的大木桶。木桶的盖子似乎没有盖好，野崎一脚踩上去，脚下一空，整条腿都陷进了桶里。他使劲想要把腿拔出来，却不料弄翻了木桶，连人带桶一起摔了下来。桶里的东西洒了一地，野崎随手拿起一块一看，吓得发出了之前听到的那声惨叫。

原来，那是人的一条手臂！

腌在木桶里的，竟是人的手臂。

平田东一说的里面有很多朋友，多半就是指这个。

上面仓房里短暂的安静之后，声音越来越大。"扑通"，那是有人倒地的声音；"呜呜"有人痛苦地呻吟；"啊"，惨叫声，还有杂乱的脚步声。

然后，所有的声音戛然而止。

"啪嗒"，什么东西滴在了野崎的脸上，黏黏的，温的，野崎伸手一摸，是血！他不由得抬头看去，只见木板缝隙处渗出的血水越来越多，滴滴答答地滴落下来。

"洋子小姐！"

逃　脱

半夜三点。

T厂长家，中村警部结束了对所有人的讯问，正准备休息。

因为夜已很深，T厂长又执意挽留，所以中村警部决定在T厂长家借宿一晚。

突然，电话铃急切地响了起来。

是一个女人。

"请让T厂长接电话，有急事。"

T厂长接过话筒。

"是T厂长吗？我是富士洋子。"

"什么？洋子？大家都担心死了。你没事吧？现在在哪里？"

T厂长兴奋地大声问道。

听到他的声音，中村警部也赶来了。

富士洋子详细说明了那栋空屋里发生的事情后，又补充道：

"那人被地窖里的惨叫声吸引了注意力，我趁机使出全身力气将匕首刺了过去。我也不知道究竟刺中了什么部位，总之，那人惨叫着倒在了地上。我趁另一个年轻男人吓得目瞪口呆的时候，夺门就逃。一路上漆黑一片，我只是拼命跑，竟然顺利地跑到了大街上。那个年轻男人一直追在我身后，但是到了大街上我就不怕了，开始大声呼救，他于是赶紧往回跑。我这里是千代田区R町的公共电话亭，距离那栋空屋只有几百米，你们快来。野崎君还被关在地窖里。我现在去东京宾馆等你们，请一定要快来啊！"

中村警部立即报告警视厅，要求迅速派出警力包围那栋空屋，他自己也跟当晚借宿在T厂长家的属下开车迅速赶往现场。汽车在凌晨的京浜国道上飞驰。

这下那家伙可跑不了了，他已经受伤，就算能逃出那栋空屋，不管去哪家医院，都很容易找到他。终于可以见到蓝胡子的真面目了。没想到恶贯满盈的凶徒竟然栽在了纤弱的女演员手上。中村警部越想越兴奋，只嫌汽车开得太慢。

从T厂长家所在的K町赶到千代田区的R町路途实在不近，所以尽管一路上油门踩到底，也花了足足五十分钟。中村警部一行赶到的时候，空屋门前已经有两名警官在站岗。

"抓住了吗？"

中村警部不等车停稳就已经飞身跳下车，问站岗的警官。

"没有，好像逃走了。里面正在搜索……"

"逃走了？那家伙伤得不轻，怎么会逃走的？"

他赶紧朝大门里边跑去，在玄关碰上警视厅的同事M警部。

"中村君，太不可思议了，那家伙流了那么多血还是逃走了，简直匪夷所思。"

"附近医院调查过了吗？"

"已经派人一一调查过了，千代田区的所有医院都没有收治有刀伤的病患。看来，是那个同伙开车把他转移到市外了。"

两人正在说话间，一个脸色煞白、衣装不整的青年从里面摇摇晃晃地走了出来。

"啊，这不是野崎君吗？"中村警部招呼道，"接到富士洋子打来的电话，知道了大致情况，你可是受苦了。"

"唉，要是我不那么冲动，自己跟了进去，找到这里之后马上向您报告就好了。"

野崎后悔不已，把在地窖的所见所闻简要地跟中村警部说了。

"我一看见血，还以为是富士洋子被害了。心想不管怎么说，得先从这里出去，于是就抓起身边的木棒使劲砸门。警官听到声音，这才把我救了出来。"

中村警部十分认真地听完野崎的报告，尤其

在听到五个木桶里的东西时，不禁发出了痛苦的呻吟。

"凶手没留下什么线索吗？"

中村警部问M警部。

"什么也没有，他们异常谨慎。你也去看一下现场吧。"

中村警部跟在M警部身后，一个房间一个房间地详细调查，然而，能够称之为线索之类的东西一点儿也没找到。

怪　人

之后的一周风平浪静，但也没发现任何线索。

东京市内的所有医院都被密切监控，但一直没有类似的伤患前来就医。对那栋空屋也展开了深入的调查，结果发现是由一家信托公司管理的，委托人的姓名、住址倒是都有，但是按照那上面的地址找过去，结果就像稻垣平造一样，姓名和住址都是伪造的。

木桶里腌泡的尸体，根据牙齿、发夹等仅有的线索，证实了是黑柳博士之前让中村警部调查的失踪的年轻姑娘中的五人。

黑柳博士一直卧床养伤，谢绝一切客人来访。

一天，一个怪模怪样的男人在黑柳宅邸门前转来转去。那人一身白色亚麻西装，头戴白色巴拿马帽，手上拿着一根异形手杖，皮肤是健康的小麦色，个子很高，看起来就像殖民地常见的英国绅士。

"请问，这是黑柳博士府上吗？"

他向路过的邮递员打听道。

但他似乎并不打算拜访黑柳博士，只是看看门牌，瞅瞅院内，像是在等什么人似的，在门前来回走着。

不一会儿，院子里出来一个寄宿生。

"喂，我想打听一下。"

那人招呼道。

"这里有一个叫野崎三郎的人吗？我是他的朋友，能不能叫他出来一下？"

寄宿生返回屋子里叫出了野崎。

"我就是野崎三郎。您大概认错人了吧？"

野崎根本不认识眼前这个男人。

"非常冒昧，实在对不起。不过，我没有认错人。我是……"

那人说到这里，突然走到野崎跟前，附在他耳边轻声地说了起来。

"什么？您是……您不是不在日本吗？"

"我刚从国外回来，今天早晨才到东京。说实话，我有要事拜托你。"

那人又跟野崎耳语起来。

听着听着，野崎脸上的惊愕之情越发明显。

耳语完，那人从口袋里取出一个小瓶递给野崎：

"绝对不能被察觉，明白了吗？"

那人一再叮嘱，才向着停在路口的汽车大步走去。

返回屋子的野崎脸色苍白，呼吸急促，摇摇晃晃地随时都要倒下似的。他来到黑柳博士房间门外，额头上已经渗出了细密的汗珠。为了让自己镇定下来，他先是轻轻咳了几声，又掏出手帕擦了擦汗，然后努力挤出一个微笑，只是这微笑实在别扭。最后，他很费力地推开了博士的房门……

老 友

与此同时，警视厅正在召开重要会议，研究抓捕蓝胡子的方案。

蓝胡子的作案手法酷似编织丝网捕捉猎物的蜘蛛，于是媒体给他起了个"蜘蛛男"的外号。一系列手法凶残的案件曝光后，不仅警方成为社会舆论指责的焦点，就连政府也承受了巨大的压力。系列凶杀案已经从刑事案件演化成了政治事件。

"昨天，内务大臣召见我，说他也为此事承受了巨大压力，要求我们尽快将罪犯绳之以法。我决定，集中所有警力，在最短时间内破获此案。"

警视总监说完，一拳锤在桌子上，发出一声巨响。

参加会议的所有人都一脸苦涩，低头不语。特别是直接负责侦办此案的中村警部，由于压力过大，睡眠严重不足，眼睛里布满了血丝。他强打精神，详细介绍了迄今为止的侦查过程。

"我已经竭尽全力。不仅如此，著名的黑柳博士也作为案件最初的发现者全力协助。但不知为什么，凶手总能抢先一步。"

警视总监眉头紧锁：

"你不是想把责任转嫁到一个民间人士身上吧？"

被他这么一说，中村警部无言以对，整个会场的气氛顿时紧张起来。

刑事侦查部O部长打起了圆场：

"现在不是追究责任的时候。当务之急是把凶手捉拿归案。我有一位老友，叫明智小五郎……"

中村警部一听到明智的名字，顿时觉得眼前一亮，但随即又想道：

"明智君自然是不二之选，但听说他去了国

外……"

在场的多数人都认识大侦探明智小五郎，一提到他，大家都来了精神。正在这时，门卫拿着一张名片进来了。

"报告，名片上的这位先生说要拜见中村警部，正在会客室等候。"

中村警部不耐烦地接过名片瞟了一眼，布满血丝的眼睛一下就睁大了：

"简直太不可思议了。"

"到底是谁来了？"

O部长好奇道。

"嗨，太不可思议了。就是我们刚才议论的那个明智小五郎。"

中村警部把名片放到警视总监面前，名片上有铅笔写的一行字：

专为破获蜘蛛男一案而来

"是不是请明智君到会议室来，说不定他带来了什么线索。"

中村警部向警视总监请示。

"好，既然是大家信赖的人，我也想听听他的
高见。"

"快把他请到这里来。"

中村警部命令门卫。

在门卫的带领下，明智小五郎走进了会议室。

"明智君，好久不见，什么时候回来的？"

中村警部高兴地拍打着老友的肩膀。

"今天早晨到东京的。"

明智小五郎先向警视总监致礼，再向大家微笑
着点头致意。

中村警部急不可耐地迅速转入正题：

"关于这次的案件，你有什么高见？来得正是
时候，我们正在讨论侦办方案呢。"

"我的确有一点想法，也许能供你们参考。只
是我所依据的材料全部来自新闻媒体，说不定会有
什么偏差。而且在那之前，恐怕还要请各位稍等一
会儿。请允许我先提几个问题。"

"稍等一会儿？"

中村警部有些不解。

"最多只要半个小时就好。在此之前我无法说出确切的想法。"

"你在等什么？"

"一个电话。我已经安排好了，电话会直接打到警视厅。"

"那好，我们就先等一等。有什么问题请尽管问吧。"

警视总监对明智不同寻常的办案手法很感兴趣。

明智借由中村警部的回答详细了解了连续凶杀案的情况，然后开始陈述自己的意见：

"这次的案件从一开始就非常离奇。例如，平田东一是怎么在黑柳博士家突然失踪的？凶手的挑战书是怎么出现在门窗紧闭的房间和中村警部的帽子里的？在O镇拍外景时，化装成演员的凶手是怎么从行驶中的车里凭空消失的？化装成老医生的凶手是怎么逃出制片厂的？在T厂长家，富士洋子是怎么被调包成人偶的？还有，身负重伤的凶手为什么能销声匿迹？这一切难道不都匪夷所思吗？"

明智稍做停顿，露出了嘲讽的笑意。

"世界上没有什么'不可思议的事'，只是我们一叶障目，才会中了凶手设下的圈套，被牵着鼻子到处扑空。其实，这次的圈套极为单纯，单纯到几近荒唐可笑。正因为如此，在座的诸位才会连想都没想到。因为大家都会认为，怎么会有如此荒唐之事。"

警视总监被明智说得莫名其妙：

"明智君，你到底要说什么？"

"我是想说，凶手以侦探的名义混在警方中间，没有比这更单纯，而且更安全的了……"

"什么？你是说……"

"是的，虽然我几乎可以确信如此，但还是需要等那通电话做最后的确认。"

明智话音刚落，电话铃急促地响了起来，警视总监一把抓起话筒。

"喂，让明智君接电话？"

明智从警视总监手里接过电话听筒。

"是野崎君吗？我是明智。刚才拜托你的事情已经弄清楚了吗？哦，哦，是腹部……还有……啊，腿，腿没有异常……没被他察觉吧？那好，我马上赶过去。在那之前，你一定要盯住他。有什么情况，请立即打电话。那么，一会儿见。"

明智挂断电话，环视在座的人一圈后才宣布：

"诸位，我的推理被证实了！"

真　相

明智继续说：

"其实，不需要多加解释大家就能明白。在拍摄外景的现场，凶手是驾车载着富士洋子逃走的。中村警部紧随其后，凶手却在飞驰的车上凭空消失了。这是不可能的。大家拦下那辆车后，在车里发现了另外一个人。在T厂长家，富士洋子被调包成人偶的时候也是一样。护士离开之后，房间里只剩下中村警部和黑柳博士两人守着富士洋子，他俩上厕所是轮流去的，也就是说，其中一人去楼下上厕所时，留在房间里的就只有中村警部或黑柳博士一人了。这时候，只要从窗口放下绳梯，就可以让同伙上来带走富士洋子。中村警部不可能是蜘蛛男，嫌疑人就很明确了。还有，挑战书为什么会出现在门窗紧闭的书房里？答案只有一个，是发现的人自己放的。每每发生这种不可思议的事情的时候，现场总有那么一个人，那就是自称大侦探的黑柳博士。"

"你是说黑柳博士贼喊捉贼？"

O部长觉得不合逻辑。

此言一出，会议室里顿时骚动起来。

"这是凶手孤注一掷设下的圈套，没什么可笑的。"

明智压下了大家的哄笑。

"明智君，我还是不明白。"只有中村警部没有笑，"大家都知道，黑柳博士是残疾人，但凶手却行动自如。"

"是的，问题就在这里。据说他习惯在与别人说话时不断敲自己的假腿，发出'咚咚'的声响。其实，那不过是巧妙的骗局，让大家都误以为他真的是残疾人。"

"还有，黑柳博士在这次案件的侦办过程中，除了和我一起行动，几乎都是独自一人在书房里闭门不出，野崎和用人们都清楚。但蜘蛛男却四处出现。举个例子吧。据野崎君说，凶手把里见绢枝的尸体搬运到江之岛的时候，黑柳博士一直在浴室里思考侦查方案，根本就没外出过。对此，你怎么解释？"

"黑柳博士喜欢长时间把自己反锁在浴室里，我是通过报纸知道的。可以这么说，我的推理就是以此为出发点的。他对外的借口是不想让人看到他的假腿，但其实是不想让人看到他健全的双腿。除此之外，"明智说着走到墙上挂着的一幅大型东京地图前，"请看，黑柳博士家在千代田区G町，那栋空屋在千代田区R町。我在报纸上得知这两处地址之后，马上找来一张东京地图，发现虽然G町与R町是两条几乎平行的街道，之间隔着N町，如果从N町绕过去，足有四五百米，因此，通常都认为G町与R町相隔很远，但其实这两条街的某些地方不但没有相隔那么远，反而是紧挨着的。比如，这里。"

大家看向明智手指的地方，正是黑柳博士家所在的位置，G町在这里向R町拐出了一道呈"凸"字形的弯，两条街道连在了一起，N町就在这里中断了。

"黑柳博士家的院子进深很大，远比G町上的其他宅院向后突出了许多，于是就形成了这种不规则的街道。也就是说，黑柳博士家狭长的后院与R町的某栋住宅是相接的。为了弄清到底是哪一栋住宅，我回到东京后直接去了R町。果然不出所料，与黑柳博士家后院相接的，就是那栋空屋。"

此时会议室里已经没有了之前的哄笑，大家都对明智观察细致入微和行动雷厉风行赞叹不已。

"因此，建造一条从黑柳博士家通向那栋空屋的秘密通道，可以说不费吹灰之力。黑柳博士装作闭门不出，暗地里却通过那栋空屋自由出入，犯下了这一系列大案。秘密通道的出入口恐怕就是那间浴室。据说浴室里装有电话，据我推测，电话线很有可能从浴室延伸到了那栋空屋里。这样，他就可以在空屋为所欲为的同时，制造在浴室里接听电话的假象。外出作案时，就用事先录好的录音应付来电。

"平田东一在黑柳博士家失踪的情况，解释起来也很简单。他偶然发现了秘密通道，不由得惊呼出声。黑柳博士马上就知道是怎么回事了，所以独自赶去制服了平田，把他关押在密室里。一番连哄带骗的劝诱后，这个原本就沾有不良习气的青年便成了他的帮凶。

"我在弄清楚空屋的秘密后直接去了黑柳博士家，叫出野崎，对他亮明身份，说明了我的想法，并教给他一个证明黑柳博士和蜘蛛男是同一个人的办法。我让他把我事先准备好的麻醉剂混入黑柳博士的饮料里，趁黑柳博士喝下熟睡的时候，检查了他那条冒充假肢的腿，还检查了他身上是否有刀伤。刚才的电话就是野崎的调查报告。已经证实，黑柳博士不是残疾人，只是在健康的腿上套了木壳，而且他的腹部有刀伤。可见，大侦探黑柳博士就是蜘蛛男！"

逃窜

"太了不起了，不愧是大侦探明智小五郎。"警视总监的兴奋溢于言表，"目标已经明确，现在，一刻也不能耽误，一定要尽快将其捉拿归案。中村君，接下来就看你的了。"

"大家不用着急。麻醉剂的效力会持续几个小时。即便黑柳博士醒了，据说他现在极其虚弱，也无力逃跑了。而且那栋空屋已经暴露，他已经无处可逃了。"

明智十分沉着。

在中村警部的带领下，十多名警官驾车赶赴黑柳博士家，明智也随车同往。

"平田东一那小子，平时一定都躲在秘密通道里，今天也叫他一起归案！"

中村警部兴奋地自言自语。

"啊，你说平田……中村君，你知道黑柳博士家的电话在什么地方吗？"

"知道，在书房的桌上。你问这个干什么？"

"书房就在卧室隔壁吧？"

"是的。"

"那么野崎刚才是从书房打电话来的吧？这下麻烦了……快！司机，再开快一些！情况紧急，用最快速度！拜托了！"

警车呼啸着加快了速度。

在明智的叮嘱下，一部分警官包围了R町的那栋空屋，中村警部则带着几名刑警直扑黑柳博士家。奇怪的是，偌大的宅院里鸦雀无声，既不见寄宿生，也不见女佣。

"卧室在哪里？快去卧室！"

明智大叫。

大家冲到黑柳博士的卧室。一个人正躺在床上，一动不动。明智分开人群，冲上去一把掀开那人身上的棉被。

"糟糕！"

床上不是黑柳博士，也就是说，不是警方通缉的恶贯满盈的蜘蛛男，而是被五花大绑的野崎三郎。他嘴里被塞了东西，胸前还放着一张纸条。

　　没要野崎的命，你们应该感谢我才是。但该做的事我还是一定要做的。等着瞧。

用词和笔迹都跟之前的完全不同。

就像明智担心的那样，多半是平田东一在秘密通道里偷听了野崎打给明智的电话，赶紧把黑柳博士转移到了别处，并模仿黑柳博士的做法留下了便条。

野崎被救下后讲述了事情的经过：

"就在我跟您通完电话放下听筒的一瞬间，突然被人从背后一下子打倒了。我根本来不及反应就被捆了个结结实实。都是平田东一干的，是他把黑柳博士搬走了。"

用人们被锁在了另外一个房间里。

"说是黑柳博士要我们集中在这房间里，于是我们就来了。刚一进房间，不知是谁在外面把门锁上了。"

他们什么也不知道。

很快，明智找到了秘密通道，果然是通向R町那栋空屋的。但是通道里也好，空屋里也好，连个人影都没有。

"都怪我忘了提醒野崎君当心平田东一。对了，寄宿生，那个寄宿生呢？"

明智突然想起什么，朝警官们喊道。

一名警官赶紧把寄宿生拽了过来。

"你知不知道黑柳博士开户的银行？"

"先生好像经常使用M银行G町支行的支票。"

"马上给那家银行打电话，让负责人接电话！"

寄宿生很快查到那家银行的电话号码，虽然拨通了电话，可传来的都是忙音。不管怎么拨，就是

"嘟，嘟，嘟……"地叫个不停。

"这里离那家银行远吗？"

"不远，就在附近。"

"好，坐警车去，这样快些。"

明智从寄宿生那里问清楚G町支行的位置后，连忙冲向门外。中村警部和其他几名警官也紧随其后，跳上了停在门口的警车，直奔银行而去。

二十分钟前。

平田东一捆好野崎，又把用人们锁在房间里后，抱着昏迷不醒的黑柳博士来到R町的空屋，从秘密车库里开出了他俩平时作案时用的那辆汽车，载着黑柳博士扬长而去。

"妈的，还是被他们发现了！不过他们还是晚了一步，一群蠢货！"

平田东一一边开车一边吼道。

"去哪儿呢？先这么往前开吧，总之离R町越远越好，说不定博士很快就会醒过来了。眼下最重要的是钱。等警方冻结了账户，就别想再搞到一分钱了。"

这么想着，车已经停在了M银行G町支行门前。这个不良青年考虑得还真周到，没忘了从黑柳博士的保险箱里取出存折和印章。

好在客人不多，平田东一很快就拿到了钱。但这短短的时间对他来说可实在是太长了。他一方面担心黑柳博士醒来之后摇摇晃晃地走下车来引人怀疑，另一方面又担心警方追来。不仅如此，每次电话一响，他就担心得要死，生怕是来追问他们下落的。

突然，他发现门口的保安正盯着他。

"千万别慌张，沉住气，沉住气。"

他竭尽全力使自己平静下来。

"黑柳先生。"

好在这时终于轮到了他。他一把抓起柜台上的钱，连数都顾不上数，塞进口袋就冲出了银行。

黑柳博士还在车里呼呼大睡，附近也没有发现什么可疑车辆。就在这时，一辆警车停在了银行门前，从车上跳下好几个人，急匆匆地朝银行大门跑去。平田东一根本就没见过中村警部，明智就更不用说了。但来人是警察他还是知道的。

"好险啊，就差这么一步！看来我们的运气还真是不错。"

他一脚踩下油门，汽车飞驰而去。后视镜里，刚才的那几个警察正在跟银行门口的保安说着什么。

"恐怕很快就会追上来了吧。好，豁出去了！就让我跟警察比比车技，一直到汽油用完为止。"

黑柳博士醒了过来，只觉得身体左摇右晃，阳光刺目，窗外的街景瞬间出现又瞬间消失。他足足花了好几分钟才意识到自己是躺在汽车的后排座椅上。然后就看到了驾驶席上弓着背，目不转睛地注视着前方的平田东一。

"谁在追赶我们？"

黑柳博士立刻做出了判断，然后几乎是条件反射地从后车窗向后看去。只见一辆警车正呼啸着全速追来。

"喂，平田，怎么回事？"

"暴露了，全都乱了套了……明智小五郎从国外回来了……一切都被他看穿了。"

平田东一紧握方向盘，断断续续地答道。

"他在后面那辆警车上吗？"

"大概吧。"

"谁给我用了麻醉剂？"

"野崎。"

"是明智让野崎搞的小动作吧。混蛋！"

黑柳博士冷不防一把抓住方向盘，换下平田东一，亲自驾车。

"我们还逃得掉吗？"

平田东一大声喊道，其实他早已万念俱灰，只是最后挣扎而已。

"你胡说些什么！我太高兴了，事情越来越有趣了。明智小五郎？哼，我正要会一会他呢。"

黑柳博士不顾一切地拼命把油门踩到底，汽车就像脱了缰绳的野马。每转过一个弯，两车之间的距离就拉大一点。

"平田，你来开车，不要大意。"

黑柳博士把方向盘交给平田东一，自己爬回到后排座位，从坐垫下取出一个化装用的箱子，里面有假发套、假胡子和各种衣服。他粘上假胡子，戴上眼镜，脱下睡衣，换上了一套工作服。

忽然，一声巨响，汽车左右摇晃起来。

"不好，爆胎了！"

平田东一脸色苍白，着急地大声喊道。警车还在后面紧追不舍。

"没关系，坚持到前面的路口，一拐过去就跳车！"

黑柳博士大声说。

汽车剧烈地摇晃着拐过了路口，然后一个急刹车，两人跳了下来，朝旁边的一条小巷里跑去。

小巷里十分僻静，一个行人也没有。

"我口袋里有钱，是从你的账户取的。我只要一点就够了，我们还是分开跑吧，两个人一起太引人注目了。"

"混蛋，你以为你能逃到哪里去？你自己绝对不行，必须跟着我。"

"那你打算去哪儿？"

"那里。只能这样了，碰碰运气吧。快！"

出了小巷有个派出所，两个警察正在里边说话。

"那可是派出所！"

"就因为是派出所才要去的。一切听我的！"

黑柳博士拉着平田东一的手直奔向派出所。

一进派出所，黑柳博士立即将背后的门关上，从工作服的口袋里掏出手枪对准警察大声喝道：

"我就是蜘蛛男，听明白了吗？动一动，就要你俩的命！"

追兵随后赶到，中村警部和明智走在最前面。只见派出所门口站着一个戴眼镜、留胡子的警官，紧盯着路上的来往车辆和行人。派出所里的办公桌前坐着一个年轻警官，正弯着腰翻阅资料。

"喂，我是警视厅的中村，刚才有两个可疑人物经过这里吗？"

"有，一个是四十岁左右穿工作服的男人，还有一个是二十岁左右穿西装的青年。"

"对，就是他俩！他们往哪边去了？"

"刚跑过前面那个路口。好像有点慌张。"

"糟了，他们朝相反的方向逃走了。哎，我告诉你，那个四十岁左右的男人就是蜘蛛男，如果他再回来，就立刻抓住他！"

"什么？真是那家伙吗？"

那警官非常惊讶，立即就要出门去追。

"不，你就在这里吧。我们人手够了。"

中村警部一行人急忙向他指的方向追去。

"干得漂亮！"

年轻警官走出来，看着一行人跑远的背影，对黑柳博士大加赞赏。

"好了，我们现在往那边巡逻。"

黑柳博士走在前面，平田东一化装的年轻警官紧随其后，两人不慌不忙地向着与中村警部等人相反的方向走去。

化 装

　　几天后，傍晚时分，一个中年男人来到本乡的经营医疗器械和各种标本的S商店。那人像是郊区小诊所的开业医生，递上的名片上印着大场道夫。

　　"是这样的，我的诊所马上就要开业了，虽说骨骼标本的摆设有点老土，但我还是想借此虚张点声势，所以只要是人体骨骼标本就行，男的女的无所谓，就算是不同人的骨头拼起来的也没关系。"

　　于是店主就陪同他来到了陈列室。昏暗的角落里放着一具落满灰尘的人体骨骼标本，外面街上电车经过的时候，就会随着微微颤动，发出像是磨牙的骨骼摩擦的声音。

大场医生当即决定买下它。

"我已经叫了车，就在门外等着，请抓紧打包装车。"

不一会儿，一个细长的木箱就搬到了停在门前的车上，大场医生随即上车离开了这家商店。

当天夜里快十二点的时候，大场医生出人意料地出现在了郊外一家冷清的火葬场门外。

"是先生吗？"

黑暗里传来声音，随即走出一个年轻人。这不是不良青年平田东一吗？看来所谓的大场医生肯定是黑柳博士化装的。

"顺利吗？"

黑柳博士小声问道。

"放心吧，值夜班的老头，用那玩意儿让他睡了，没四五个小时醒不过来。"

"太好了，那尸体呢？还没烧吧？"

"我出了大价钱，那家伙立即答应了。喂，阿助，过来，这就是我刚才对你说的先生。"

被称为阿助的男人从黑暗里鬼鬼祟祟地探出脸来。

"怕什么？绝不会给你添麻烦的。尸体我们搬走，已经给你找好了替代品。只要你在天亮之前把它烧了，就不会有人知道。"

黑柳博士一声不吭地晃了晃手里的大包袱，发出了"哗啦哗啦"的声响。不用说，那是他白天去S店买来的人体骨骼标本。

"真是人骨吗？"

黑柳博士依然没吭声，只是打开包袱递到阿助面前。阿助从包袱里拿出一块仔细端详了好一会儿：

"好，干吧！"

值班老头已经喝下了麻醉剂，不必担心被人察觉。阿助领路，三人走进了火葬场。院子里空空荡荡的，昏暗的灯光下，一座不大的焚尸炉里正燃着通红的火焰。

"去他妈的！"

阿助像是给自己壮胆，把那具人体骨骼模型连同包袱一起扔了进去。不多时，炉子里只剩下一堆灰烬。

火葬场门外大约一百米的树下停着一辆汽车，黑柳博士和平田正一站在车前的一个细长的木箱边，正小声谈论着什么。

"先生，你打算怎么处置这具尸体？我只是按吩咐做，不知道先生的真正用意。"

"你怎么还不知道？"

"难道是要用这个冒充自己的尸体，金蝉脱壳？"

"所以说你还只是初级的坏人啊。虽然明智小五郎那家伙有点小聪明，但我是绝不会怕他的，更不会假装什么畏罪自杀。这自然是冒充我的尸体用的，但绝不是你说的那种用法。听好了，杀人啊，可是超越所有艺术的艺术，我对它有一种憧憬，一种渴望，我还有更远大的抱负……"

"难道是那四十九个姑娘？"

"是的，是的，就是那个。我最大的抱负马上就要实现了。为了这次的伟大创作，我已经把自己的身家性命全都赌上了。只差一步就要大功告成的时候，偏偏明智那个家伙回国了。我不怕他，但现在还有更重要的事情要做，没工夫跟他纠缠。所以我才要用这具尸体让明智和警方先安静下来。"

"我们是不是先打开看看？"

"当然。实际上，的确有必要在这里打开看看。"

平田东一从汽车后备厢里取出工具，撬开木箱盖，借着手电的光往里看去。

"嗯，整体感觉有点像，可脸不太一样。明智也好，中村也好，一眼就会识破。"

"所以要给这尸体化化装。"

"化装？"

"要在脸上动动手脚。不仅如此，还要在还肚子上跟我受伤的相同位置做上伤。"

"这种事情，我可是外行。"

平田东一吓坏了，就连舌头都开始发硬。

"这也没什么难的，看着。"

黑柳博士在黑暗中摸索着，很快从地上抓起了一块楔形的石块，试探着比画了两下，突然狠狠地砸了下去。

对　峙

　　从新宿出发不到两个小时的路程，在通往奥多摩的青梅公路沿线，有一个叫H的小村庄，可以说是东京附近闹中取静的悠闲之地。在那里，可以欣赏多摩川上游的美丽溪谷。

　　H村外有一座周围栽了一圈矮树篱的老式草房。老两口住这里，老头是户主，老伴忙家务。

　　四五天前，这里住进一个美丽的姑娘，与老两口一起生活。小小的村庄里来了东京来的大美人，转眼间就成了村民们茶余饭后闲聊的话题。

　　"那姑娘和女演员富士洋子长得一模一样，说不定真是她。"

"说起富士洋子，她可是被蜘蛛男盯上了吧？"

"是啊，说不定就是因为害怕蜘蛛男才逃到这里来的吧？"

这姑娘确实是富士洋子，是制片厂T厂长把她送来的。既然如此，她自然需要避人耳目。这对收留姑娘的老两口来说，确实是件麻烦事。富士洋子年轻充满朝气，不可能整天闭门不出。而且这种小村庄里本就没有什么秘密。

火葬场事件的第二天清晨，习惯早起的老大爷正坐在院子里欣赏自己种的牵牛花。

"这花开得真漂亮。"

篱笆外传来说话声。老大爷抬头一看，是一个农民装扮的老爷子。穿一身洗得发白的工作服，拄着一根拐杖，驼背，头发花白，胡子也是黑白参半。

"是啊，早起赏花是最愉快的事情。"

老大爷笑着答道，他已是满头白发，银白的胡须一直垂到胸前，精神矍铄。

"你大概也喜欢花吧？那就请进来一起欣赏吧。"

"眼神不济喽。那我就不客气了。"

驼背老人接受邀请走进了院子。

"来，请坐到这里来，我去给你沏茶。"

两人都是种花的行家，话匣子一打开就滔滔不绝，不光品评了开花的几盆，就连院子里刚打苞的几盆也都讨论了一番。

"咦，这是你掉的吧？"

老大爷捡起一样东西大声对驼背老人说。

那是一个早就过时的大钱包。

"这个，这个……"

驼背老人看了一眼，不知为什么，慌忙一把抢了回去。

"哈哈哈……瞧你这么着急，里面一定有很重要的东西吧？呦，还不轻呢。"

"哪里哪里，都是些乱七八糟的东西，要真是钱就好了，哈哈哈……"

他不好意思地搪塞道。

"家人呢？"

"我一个人在家。哦，你是说那姑娘吧？她打东京来这里玩，是我一个亲戚的女儿。年轻人爱睡懒觉，真伤脑筋。好了，我去沏茶。真不凑巧，老伴昨天晚上回娘家去了。"

"不用不用，我也该告辞了。"

"别忙着走啊，反正我也要喝茶，不介意的话，就请再坐一会儿。"

于是驼背老人又坐了下来。老爷子就去厨房了。

老爷子一进屋，这驼背老人马上变了副模样，先是四处打量了一番，见没有其他人，就蹑手蹑脚地朝最里面的房间走去。最里面的房间里，罩着蚊帐的床上，富士洋子正在熟睡。

驼背老人摸到门边，手扒门框向里窥探。富士洋子丝毫没有察觉，还在睡着。

"你终于中计了！"

冷不防背后传来说话声，驼背老人吓了一跳，连忙转脸看去，不知是什么时候，老爷子已经在他背后。

"什么，你说什么？"

驼背老人强作镇定，但已经拉开架势，准备逃跑。

"哈哈哈……晚了，你已经跑不了了。"

"你说什么啊，我只是悄悄……"

"你只是悄悄看看是不是富士洋子吧。哈哈哈……我一直在等你大驾光临。富士洋子可是你无法抗拒的诱饵啊，是不是，黑柳博士？"

老爷子说完，一把扯下驼背老人的假发套，又撕下他脸上的假胡子，那张脸……千真万确，正是黑柳博士。

"怎么样，蜘蛛男，没想到你也会惊慌失措。一想到能让你自投罗网，实在是大快人心啊。"

"这么说，你是……"

"还不明白吗？"

"你是明智小五郎！能让我中计的，没有别人。"

黑柳博士毕竟也不是等闲之辈，事到如今反而镇定下来。

"承蒙夸奖。"

老爷子说着也现出了真身。

就在明智摘下假发的时候，黑柳博士还是找到了机会，从刚才掉在地上的大钱包里掏出了一把手枪：

"怎么样，我也不是全无机会啊。这可不是用来吓唬人的，我随时都会开枪的。喂！你可别做多余的事情。不等你掏出枪来，脑袋就要开花了。"

一分钟、两分钟、三分钟……两个人就这么无言地对峙着。

落　网

　　这时即便大声求救也无济于事，因为附近根本没有人家，可不知为什么，明智突然放声大笑：

　　"哈哈哈……要说枪嘛，我也有。"

　　他完全不把黑柳博士刚才的警告当回事，自顾自地把手伸进了口袋里。

　　"住手，再不住手，就别怪我不客气了！"

　　"你要开枪就快些动手吧，我可不会听你瞎嚷嚷。"

　　说着，明智手上也已经多出了一把乌黑锃亮的手枪。

忍无可忍的黑柳博士终于扣动了扳机，可不知什么原因，只有"咔，咔"的响声。明智将枪口对准黑柳博士，好整以暇地看着对方的窘态。

黑柳博士慌乱起来，不停地扣动扳机，但还是只有"咔，咔"的空响——原来是把空枪。

"哈哈哈，现在明白了吧，抢先一步的不是你，而是我啊。"

"难道说刚才……"

"你终于明白了。对，就是那时候，我取出了你枪里的子弹。"

明智右手持枪，左手从口袋里掏出了从对方枪里取出的子弹。

"你想怎么样？"

"我现在要去那边拿绳子，你只要老实待着就行了。要是动一动，我也会开枪的。"

"只要你去拿绳子，我就可以轻而易举地打落你手里的枪。你还要去吗？哈哈哈……"

明智退一步，黑柳博士便紧逼一步，对方已经是垂死挣扎，绝不能大意。

幸运的是，就在这时候，富士洋子醒了。

"洋子小姐，快把绳子拿来。"

富士洋子很快搞明白了眼前的状况，连忙取来绳子打算递到明智的左手上。但她毕竟刚醒，极度的紧张让她手上一抖，绳子掉到了地上。

就在明智略一分神的一刹那，黑柳博士飞起一脚，把明智手里的枪踢出足有三四米。

两个人几乎是同时一声大喊，扑向了对方，很快就滚在了地上。黑柳博士顺势骑在明智的身上，右手使劲掐住了明智的脖子。富士洋子看着明智渐渐发紫的脸，顾不上穿鞋，光着脚就跑到了院子里，捡起明智被踢落的手枪，瞄准黑柳博士就是一枪。

"砰！"

一声巨响，黑柳博士应声倒地，子弹击中了他的腿。

胜负终于见分晓了。蜘蛛男的手脚被捆得结结实实，扔在院子里，一动也不能动。

富士洋子看着眼前这个被自己打伤的男人，只觉得有些恍惚。

明智坐在廊沿上，并不怎么激动，以一种十分冷静的语调对倒在地上的黑柳博士说：

"黑柳君，我们之间的事就到此为止了，你已经输了。剩下的，是警方的工作，我对此毫无兴趣。大多数时候，抓人不是我的工作，不管是逃跑还是什么的，只要不危及第三者，就跟我没什么关系。我只是个侦探而已。但这一次不同，你是真正的恶魔，如果放任不管，你肯定还会继续残害那些无辜的姑娘们。因此，在你被收监之前，我有责任看着你。"

"别废话了，快叫警察来吧。"

黑柳博士因为伤痛紧皱着眉头，颇不耐烦，断断续续地说。

"洋子小姐，你去村派出所把警察喊来好吗？顺便打电话给警视厅的中村警部，就说蜘蛛男已经落网。"

听到明智的吩咐，富士洋子犹梦初醒：

"是，我这就去。"

可就在这时候，明智心头突然掠过一丝不安。

"稍等一下，洋子小姐。"他喊住富士洋子，眼睛紧盯着黑柳博士，"喂，平田东一在哪里？"

"东京。"

"不可能。你一旦失败，平田东一肯定会代替你绑架富士洋子。你一定是这么安排的。"

让富士洋子独自一人去报警实在有些危险，但就这么干等着也不是办法。这是村外的一栋孤零零的小屋，一大清早也不会有什么人经过。

"洋子小姐，这样吧，你留下来看着他。他已经被绑住了，一动也不能动，你只要用枪口对着他，就没什么好害怕的。要是有人来救他，直接开枪打死他就是了。"

富士洋子此时已经不怎么害怕了，接过了明智手里的枪。

明智快步往派出所赶去。

他走后刚刚十五分钟，意想不到的情况发生了。清晨的露水把黑柳博士全身都打湿了，此时他全身是泥，狼狈不堪，被绑着躺在地上不住地呻吟，腿上的伤口不住地冒出鲜血。富士洋子终于还是于心不忍，觉得应该给他包扎一下，便把枪插在腰带上，掏出一条崭新的大手帕，给他的腿做了简单的包扎。

"谢谢。"

黑柳博士小声说道。

"你还是快逃吧，逃得远远的。"

出人意料的话从富士洋子的嘴里冒了出来。

"不，我已经不想逃了。"

恶贯满盈的蜘蛛男躺在富士洋子的脚边，颇为落寞。

听到这话，富士洋子突然心一软，蹲下解开了他身上的绳子。

"你是不是疯了？"

黑柳博士大吃一惊。

"快，快，趁警察还没来，快点逃吧。哪里都行，但绝不要再让我看见你。"

富士洋子跺着脚催促。

"那好。不过，你得跟我一起走。"

"什么？你……"

富士洋子仿佛突然从噩梦中惊醒，但为时已晚，手腕不知什么时候已经被黑柳博士牢牢抓住，手枪也已经到了他的手上。

殉　情

　　富士洋子被黑柳博士连拖带拽地在田埂上跌跌
撞撞地一路狂奔，直奔前面不远处的一处悬崖峭
壁，那下面就是湍急的多摩川。

　　两人来到悬崖边，黑柳博士狞笑着：

　　"这就是我的计划，虽然有些波折，浪费了一
点时间，但最终还是让我如愿了。你和我，我们两
个马上就要从这里跳下去，殉情，哈哈哈……"

　　富士洋子只觉得一种不可名状的本能的恐惧从
心底涌了出来。

　　"你为什么要放我走？那是因为你不知不觉间

已经爱上了我。也许你自己都不知道。你以为自己是怕我、恨我的。但正因为这样，你才更被我深深地吸引着。我们一路逃到这里，发现走投无路，于是决定一起跳崖，殉情自杀，哈哈哈……"

黑柳博士一边喋喋不休，一边死死拽着富士洋子的手，穿过崖边的灌木丛，下到一处突出的岩石形成的类似平台的地方。再往下就没有任何障碍物了，一直到谷底都是陡峭的峭壁。

富士洋子一眼就看见了地上的东西，惊叫着连连后退，但黑柳博士死死抓着她的手腕，怎么也挣脱不开。

那是一具男尸，不管是体型还是衣着，都跟蜘蛛男完全一样。只是脸已经被砸烂了，五官黑乎乎烂糟糟的。这当然就是昨晚他们从火葬场偷出来的那具尸体，是平田东一连夜运来这里的。

"这就是跟你殉情的我的尸体。脸已经被我砸烂了，什么也看不出来。肚子上的刀伤跟我的一模一样。对了，还有腿上的枪伤……"黑柳博士说着，对着尸体的腿上开了一枪，"瞧，现在已经完全一模一样了。你就跟它一起跳下悬崖殉情吧。"

十天后，一个来钓鱼的村民在悬崖下发现了两具已经腐烂的尸体。经过检验，男尸是蜘蛛男黑柳博士，女尸是富士洋子。在男尸的口袋里还发现了一封遗书：

> 我选择死亡，并不是向警察和明智小五郎投降，而是因为我获得了最终的胜利，得以与富士洋子这无与伦比的恋人共赴天国。

两具尸体都已腐烂，特别是那具男尸，可能是摔下来的时候磕到了岩石上，已经面目全非。众人得知这一消息后，惊愕之余无不松了一口气。尤其是警方，更是如释重负。

那么，明智对此做何感想呢？

中村警部最后一次见到明智，是发现尸体后的第三天，打那以后，再也没有人知道他的消息。中村警部对此始终无法释怀，因为他们最后一次见面时，明智曾拿出一张纸条给他看，那上面写着"浅草区S町十号　福山松鹤"。

"这是我从黑柳博士桌上的备忘录上撕下来的。叫福山松鹤的人，是专门接受委托制作人偶的工艺师。黑柳为什么会记下他的地址呢？这实在很有意思，中村君，你不这么认为吗？"

唯独明智的这句话像烙印那样，中村警部怎么也忘不了。

拐　骗

又过了一个月，浅草区S町的人偶工艺师福山松鹤的店里来了一位男性顾客。那人一身打扮就像娱乐圈的老板，看起来大约四十岁。脸上似乎有烧伤，半边脸全是疤痕，牙齿向外翘着，还俗不可耐地包了金，那副尊荣实在不敢恭维。

他递上自己的名片：

鹤见游乐园全景立体画馆
园田大造

见到老板福山松鹤后，他说明了自己的来意：

"鹤见游乐园里的全景立体画馆已经竣工，下面就要开始内部装潢了。我这次来，就是为了订购贵店制作的人偶。掺一些旧的也没关系，只是希望本月底前能够交货。设计图我带来了，请按照设计图上的数量和姿势制作。"

园田说着打开一张图纸递了过去，福山松鹤接过来一看，只见上面画着四十九个姿态各异的裸女。

"四十九个？像这样的裸体人偶，月底恐怕来不及交货。"

"没关系，只要用现成的头啊、胳膊啊、腿啊什么的拼起来就行，跟图纸上稍微差一点也不要紧。反正是在光线昏暗的立体画馆里，只要够四十九个就行。"

毕竟是难得一见的大订单，而且对方要求很低，福山松鹤很快被说服了。

"后面好像有制作人偶的工厂，可以让我看一下吗？"

园田大造提出了参观的要求。

"算不上什么工厂，不过您感兴趣的话就请吧。"

临时搭建的木板房里到处是灰尘，几个工人正在工作。地上到处堆满了人偶的各个部件和制作人偶的各种工具。园田大造穿行其间，饶有兴趣地看着。

车间一角，一个搅拌涂料的工人不经意地瞥了园田一眼就停下了手里的动作，死死盯着他那半张没有疤痕的脸。但很快就像证实了什么，重新低下了头，继续搅拌涂料。

园田离开后，那工人来到老板福山松鹤身边问道：

"刚才那个男人来干什么？"

"他是来订货的顾客，鹤见游乐园全景立体画馆的经理，要我们店本月底前制作出四十九个人偶。"

福山松鹤对那工人竟然十分恭敬。

那工人又巨细靡遗地把有关园田的事情问了个清清楚楚，然后才说：

"谢谢，应该没什么问题，是我误会了。谢谢。"

那人说话的口吻完全不像个工人。他好像非常高兴，连说了好几个"谢谢"，然后回去继续自己的工作。

又过了一个月，十月的一个傍晚，E高中三年级学生和田登志子正独自一人在神宫外苑的柏油大道上走着。她刚在青年会馆听完音乐会，正准备回家。如果是两个月前，她绝对不会独自外出欣赏音乐会，因为她的长相跟里见姐妹还有富士洋子非常相似。可如今恶魔蜘蛛男已经死了，也就没有什么顾虑了。

她离开青年会馆时已经很晚，又在门口跟同学说了会儿话，现在路上已经几乎看不到行人了。

夜色渐浓，和田登志子不由得加快了脚步。

车站就在前面，那里的灯光格外明亮，照得附近树木的阴影似乎也格外浓重。

忽然，她觉得身后好像有人，便让到右边，让那人走到前面去，谁知身后那个家伙也跟着朝右走，她又试着让到左边，那人也跟着朝左边走。她紧张起来，壮起胆子向后看了一眼，是一个个子很高的年轻男人。就在她回头的时候，那人几步赶了上来：

"陪我走走好吗？别不说话啊，没什么事，只是请你陪我走走。"

那人声音不大，但让人感觉不容拒绝。

"我还有事。"

和田登志子的声音都有些颤抖了。

"不行，难道你还想逃吗？"

那人抓住了和田登志子的手腕。

"你要干什么？救命！"

和田登志子拼命反抗。

"混蛋！"

是一个男人的声音。等和田登志子反应过来，那小混混已经被打倒在地，一个穿着一身黑色学生装的青年，正不依不饶地骑在那小混混身上一顿暴打。那小混混不求饶也不反抗，只是抱着头任由拳头落下。

"这一回就饶了你，再让我遇上，就没这么便宜了。滚！"

黑色学生装的青年一松手，小混混赶紧一骨碌爬起来，一溜烟地逃走了。

"你受惊了吧？这一带有许多不良青年，稍不注意就会遇上危险，我送你到前面吧。是乘坐国营电车吧？"

黑色学生装的青年转向和田登志子，温柔地说。

和田登志子赶紧向帮助自己摆脱危险的青年行礼，与他肩并肩地朝车站走去。

"是听完音乐会回家吧？"

"是的。"

"我也是。S先生演奏的小提琴太美了，我非常喜欢。"

两个人一路上谈论着音乐，渐渐亲热起来。

两小时后，目黑车站附近一家咖啡馆的角落里，两个青年正在窃窃私语。

"好像很顺利。"

一个瘦高个青年说。他就是刚才袭击和田登志子的家伙。

"又一笔赏金到手了。已经三笔了。这买卖不错啊。"

回答他的竟然是刚才那个见义勇为的青年。

"还是老一套，不过似乎格外管用。"

"那当然，她怎么可能是我的对手。"

"喂，别光顾着吹牛了。你也替我想想，又挨打又挨骂的。"

"别说那种话，这都是买卖。"

"下一步怎么办？"

"十一月三日是公休日，我准备在家里搞一场音乐会，她也会来，到时候我开车去车站接她。肯定没问题的。"

"你真行。"

"当然了，我把自己说成原伯爵的公子了，哈哈哈……该向平田大哥报告了。"

自称伯爵公子的青年起身走向电话室。

平田大哥？再想到和田登志子完全符合蜘蛛男的要求，被称为平田大哥的，肯定就是平田东一了。如此说来，这两个小混混上演"英雄救美人"的假戏，肯定是按照平田东一的指示，为蜘蛛男黑柳博士拐骗被定为目标的年轻姑娘。

几乎同一时间，东京市内各处相继发生了多起类似事件。平田东一找来的这些小混混在高额报酬的驱使下，异常积极地四处拐骗符合黑柳博士要求的年轻姑娘。这些姑娘无一例外地接受了十一月三日的邀请，有的是听音乐会，有的是看电影，还有的是去近郊徒步旅行。

十一月二日，距离约定的日子只剩一天时间了，但无论这些小混混如何使尽浑身解数，还差近二十个姑娘没有上钩。黑柳博士一向计划周密，当然也预见到了这种情况，并为此制定了特别对策。平田东一用电话向手下几十名小混混传达了秘密行动计划，他们立即分赴东京市内各处预定的行动地点。

当天晚上，东京市内十几个地方发生了几乎相同的失踪事件，其中一起发生在新宿区H町，具体情况如下：

伸手不见五指的H町一角，三个人先是一阵交头接耳，然后各自散去，很快又聚在了一起。凌晨两点，其中一个家伙从垃圾箱后蹿了出来。是一个年轻人，穿一身黑色衣服，凑在围墙的间隙前向里窥探。围墙后是一个院子，里面一片漆黑，隐约可以看到墙根堆了些装木炭的草包。

突然，院子里传来一声口哨声，然后另外一个方向也响起一声口哨，这正是这个年轻人等待的信号。他掏出火柴"嚓"的一声划着，引燃一小段棉絮扔进了院子里，正落在那堆装木炭的草包上。他又凑到围墙的缝隙前，只见草包上的火光眼看就要熄灭，突然，微弱的火苗变成了红色，原来是引燃了草包里的木炭。三十分钟后，院子里已经火光冲天，浓烟滚滚。黑暗中适时地响起了"着火啦，着火啦"的凄惨叫声。

院子里的房门被撞开了，四个男女连滚带爬地逃了出来。此时，附近各家全都房门大开，一片扰攘嘈杂。最先从院子里冲出来的四个男女很快就跑散了，找不到家人的姑娘惊慌失措，瑟瑟发抖地看着自家院子里冲天的火光。

"小姐，危险！快，快，你父亲在那里等你呢！快来！"

放火的那个青年一边喊叫一边连拖带拽地拉着

姑娘朝街角跑去。那里停着一辆汽车，在驾驶席和副驾驶席上坐着的正是之前的那两个青年。那姑娘根本来不及反应，就被推到车上五花大绑，嘴里自然也没忘了塞上手绢。

就这样，四十九个姑娘凑齐了。

地　狱

　　十一月一日晚上，鹤见全景立体画馆完成了最后的内部装潢，所有的人偶都已经安装就位。预定三天后举行隆重的开幕仪式，届时，画家、文学家、评论家和新闻记者等几百位文化名人都将出席。

　　十一月四日凌晨，园田大造独自坐在全景立体画馆的观众席上，欣赏自己最后的大作。

　　直径约三十米的圆形展厅内，墙上贴着看不出接缝的大幅画布，地面是和野外一样的泥土地，观众席上向外伸出的房檐遮住了天花板，上面安装了人工控制的光源，置身其间，眼前是一望无垠的旷

234

野。在代表死亡的蓝色灯光和代表血的红色灯光的交叉照射下，这片旷野仿佛传说中的地狱：血池、刀山、地狱之火，无数赤身裸体的姑娘在这地狱中挣扎、抽搐、蠕动。前面是四十九具等身人偶，后面是浓艳刺目的油画。立体全景画的神奇之处就在于二者之间并没有明确的界限。视线所及，全是令人毛骨悚然的异界。

这样的东西竟然能通过审查，准许对外营业，都是因为园田大造巧舌如簧，说什么这座全景立体画馆要表现的重点不是这地狱般的景象，而是普度世人的神佛的无边法力，眼前的景象越恐怖，就越能说明神佛的法力无边和功德无量。的确，在后面画布的顶端，天空中飘着一缕祥云，金粉描绘的三尊神佛端坐其间，同样以金粉描绘的佛光照射在地狱里痛苦挣扎的裸女身上。

"你就是看不够，是吧？"

不知什么时候，平田东一出现在园田大造的背后。

"我在想象把这些人偶换成那些姑娘们的景象。"

"都已经准备好了，四十九个，就关在暗室里。手脚都捆得结结实实，嘴也都塞着，就像堆行李似的，根本毫无反抗之力，只要把她们拉出来跟这些人偶换过来就行了。"

"嗯，看来已经万事俱备了。你的事安排好了吗？"

"我也已经准备好了，把钱发给那些兄弟们之后，还剩下一些，我准备用这些钱尽情享受一番，半个月后咱们在地狱再见吧。"

"别说那没出息的话，坐上飞机，到国外去。"

"嗯，也说不定会那么办。"

"或者像我这样，用硫酸烧毁自己的脸，就可以在东京待下去了。"

"也不是不行，到时候再说吧。"

接着，两人开始清理人偶。这座全景立体画馆的入口两侧各有一间空屋子，其中一间关着绑架来的四十九名年轻姑娘，另一间则是用来放这些人偶的。园田大造和平田东一汗流浃背地往返于展厅和那间空屋子之间。

"奇怪，应该还有一个啊……你把它搬走了？"

平田东一在已经没有人偶的空荡荡的展厅里四下张望。

"不知道，你那里我根本就没插过手。"

"那就怪了，那玩意儿又不可能自己走掉……"

园田大造心里咯噔一下，一种难以名状的不安掠过了心头。

"哈哈哈……别这么疑神疑鬼的，我刚才数过了，不多不少四十九个。"

这话与其说是对平田东一说的，更像是在安慰自己。

"也许吧……这玩意儿是挺吓人的。"

平田东一还是有点心虚。

"好了，接下来要动真格的了。让那些姑娘们出来吧。"

蜘蛛男园田大造露出满口金牙，像个恶魔似的笑了起来。由于极度的兴奋，他的脸都有些扭曲了，牵动半张满是疤痕的脸，就连平田东一看了也不由打了个激灵。

毒　气

　　全景立体画馆在游乐园的一角，有另设的出入口，所以不经过游乐园也可以自由出入。这也成了那些姑娘们被运进来的秘密通道。平田东一与园田大造告别之后也是从这里直接离开，消失在了夜幕笼罩下的大街上的。

　　蜘蛛男目送平田东一离开后，锁上了出入口那扇沉重的拉门。这样一来，全景立体画馆里除了四十九名牺牲者，就只有他一个人了。他手持一根皮鞭，向关押姑娘们的房间走去。

　　不一会儿，一个个美丽的姑娘被逐个解开绳

238

子，取下塞在嘴里的东西，从房间里赶了出来。她们虽然人多，也敌不过蜘蛛男手中的枪和皮鞭，况且眼前的景象早已把一些胆小的姑娘吓呆了，只是木然地被驱赶着行动。

"你们哭也好，叫也罢，声音都传不到外面去。就算传出去，也不会有人听见。"

蜘蛛男训斥的嗓门比姑娘们的哭喊声还要大，挥舞着手里的皮鞭把她们一个个赶到指定的位置。

这时，堆放人偶的房间里，一个人偶竟然晃晃悠悠地站了起来。这个怪异的人偶穿着肥大的白大褂，肩膀上扛着一颗女人脑袋，完全是东拼西凑应付事的一个。但此时他不仅站了起来，还把旁边的人偶推开，开门走了出来。他就像一个梦游症患者一样，晃晃悠悠地来到了展厅，神不知鬼不觉地来到了蜘蛛男的背后。

突然，那人偶伸出手来，指间夹着一团棉花之类的东西，以迅雷不及掩耳的速度捂住了蜘蛛男的口鼻。

五秒，十秒……蜘蛛男渐渐瘫软在那人偶的怀里。

不能就这样睡过去，得赶快打起精神，蜘蛛男强撑着又睁开了眼睛。眼前，四十九个美丽的姑娘仍在慌乱地大声哭泣，四处逃窜，似乎时间并没有流逝。蜘蛛男看了看手表，但因为根本不知道自己是什么时候失去知觉的，所以也无从判断到底过了多久。

"啊，我一定是因为太激动了才会头昏目眩。没关系，其实什么也没发生。"

蜘蛛男以为只是一眨眼的工夫，其实已经过去了一个多小时。在此期间，四十九个姑娘按照那个人偶的布置设下了巧妙的陷阱，而蜘蛛男对此一无所知，为了完成自己最后的大作，再次挥舞起皮鞭来。

"听好了，最后的时刻到了，尽情地狂欢吧！"

蜘蛛男说完，像疯子一样跑出展厅，"砰"的一声从外面关上大门锁好，再绕过展览馆外侧，来到全景画背景后面。那里有一个只有两平方米的小房间，他跑进房间，从预留的小玻璃孔窥视展厅。

蜘蛛男面容扭曲，哈哈狂笑，强抑着兴奋按下了墙上的按钮，满心期待着展厅内的变化。展厅内的观众席下有毒气装置，只要按下按钮，装置里的几种药液就会混合在一起产生剧毒瓦斯。

果然，观众席下的黑暗里，几缕黄色的烟雾像蛇一样蹿了出来，然后迅速散开，弥漫成一团团黄色的雾气。蜘蛛男兴奋到了极点。只见黄色的烟雾越来越浓，很快就充满了整个展厅，就连他窥视的小玻璃孔也被遮住了。

但展厅毕竟不能完全密闭，特别是用来窥视的小孔那里，很快就有黄色的烟雾渗了过来。蜘蛛男见状立即掏出手帕捂住鼻子，飞快地逃出了小屋。

此时他已经筋疲力尽，加之刚才过度兴奋，一逃进旁边的树林，就一屁股坐到地上再也起不来了。残留在体内的麻醉剂再次一点点地麻醉了他的神经。

终　局

　　临近中午，全景立体画馆的工作人员来上班了，经过树林时发现了仍在熟睡的园田大造。

　　被叫醒后，得知开馆仪式马上就要开始了，蜘蛛男急忙打开了全景立体画馆的大门。

　　毒气应该已经散尽了，但慎重起见，他仍然禁止工作人员进入展厅，亲自逐个打开门窗，然后在展厅外向工作人员交代了接待来宾的注意事项。

　　开馆时间到了，虽然发出了数百封邀请信，但实际来的不足百人，但K制片厂的T厂长和警视厅的中村警部也在其中，这让蜘蛛男感到了无法形容的满足。

蜘蛛男换上准备好的礼服，引导客人们进入展厅。除了引导客人到观众席的小地灯微弱的灯光外，展厅里几乎漆黑一片，置身其间仿佛来到了另一个世界。黑暗里未知的事物让他们紧张不安。

随着蜘蛛男按下开关，展厅里逐渐亮了起来，先是代表死亡的蓝光，然后是代表血的红光，最后是飘浮在空中的紫色的云，还有端坐其上的金色的神佛。血池、刀山，相继呈现，还有充斥其间的痛苦挣扎的裸女。

观众席上发出一阵惊呼。

最让人吃惊的，是前排的等身人偶，以完全不符合人体构造的奇怪姿态扭曲着。一些胆小的观众吓得赶紧别过脸去。

蜘蛛男在观众席前致辞，大谈自己所谓邪恶之美的一贯主张，然后走到一具人偶跟前：

"诸位，我最煞费苦心的，就是这些人偶的身体。它们表现的，是因地狱的摧残折磨而扭曲的年轻姑娘的美丽姿态。大家请看，这人偶富有弹性的身体。"

他面带诡异的微笑，抓起人偶的手腕高高举起，然后猛地松开。他原想向大家展示只有人才能具有的肉体的弹性，没想到人偶的手臂与身体相撞，发出了一阵"哗啦啦"的响声。蜘蛛男慌张起来，随即抓住旁边人偶的脑袋，想要抬起它的脸，没想到这人偶的脑袋竟然被拽了下来。总之，这些都不过是人偶而已。昨晚那些中毒而死的姑娘们的尸体呢？

蜘蛛男歇斯底里地跑到一个个人偶跟前，这个拽胳膊那个拽腿，结果无一例外都只是人偶而已。突然，他感到了抓在手上的胳膊的温度，而且强壮有力，绝不是年轻女性的胳膊。这当然就是昨晚那个让蜘蛛男昏迷过去的奇怪"人偶"。

"你是谁？"

蜘蛛男大吼。

"我的声音不觉得耳熟吗？"

人偶的声音很冷静。

"啊，你，明智！明智小五郎！"

"哈哈哈……想不到吧，我怎么会出现在这里？那当然是因为你的疏忽大意。你的备忘录上有人偶工艺师福山鹤松的地址。还有，你大概还不知道我化装成了人偶工厂的工人，你预定那四十九个人偶的时候我们就已经见过面了。"

"那就是说，是你把那些姑娘的尸体换成了人偶？"

"哈哈哈……尸体？"

"是啊，昨晚被我用毒气毒死的姑娘们的尸体。"

"啊，原来是说那个啊。不知该说恭喜还是抱歉，这回你可不是杀人犯。你啊，昨晚在这里睡了一会儿。当然，只是对你来说的一小会儿，但实际上足有一个多小时。那可足够我干很多事情了。比如，将观众席下面的毒气发生装置换成舞台常用的无害气体发生装置，为了让姑娘们的表演更逼真，我甚至还安排了排练。"

"难道……难道……"

"你也都看到了，她们的表演非常成功。你在

树林里熟睡的时候，她们已经都回家了。这会儿说
不定正在跟家人讲述这次的历险呢。"

长时间的沉默。

观众们从两人的对话中明白真相后，不由得都
屏住了呼吸，整个展厅鸦雀无声。

蜘蛛男紧盯着明智，叉开双腿站着，右手慢慢
摸向腰间，那里有一把手枪。

明智似乎对此浑然不觉，仍然就那么站在那里。

中村警部一步翻过护栏，打算从背后抱住蜘蛛
男，救下明智，但还是稍迟了一步，枪已经握在了
蜘蛛男的手里。

"啊！"

观众席上又是一阵惊呼。

"不必担心，我认输，我承认自己彻底败给了明
智。只要我想走，你们留不住我，但是那对我已经没
有意义了。现在，我只想痛快地结束自己的一生。"

话音刚落，蜘蛛男已经调转枪口对准了自己的
脑袋。

"住手！"

中村警部想要阻止他，但还是晚了一步，然而大家只听到扣动扳机的"咔咔"声，并没听到枪响。蜘蛛男自己也惊呆了，呆呆地站在那里不知如何是好。

"子弹早就被我拿出来了。"

明智微笑着说。

"混蛋！"

蜘蛛男恼羞成怒，大喊着扑向明智。明智一边避让，一边摆开迎战的架势。与此同时，中村警部和扮作观众的便衣警官们一起冲了上来。

没想到这只是蜘蛛男声东击西的计策，他突然猛地调转方向，冲向了十几米外的刀山。那里插着数十把明晃晃的尖刀，刀尖一律向上。蜘蛛男毫不迟疑，高高跃起，在空中舒展开身体，大叫着扑了上去。众人赶到的时候，他已经停止了呼吸。其中一把刀刺穿了他的心脏。

就这样，黑柳博士，也就是杀人恶魔蜘蛛男，在自己煞费苦心制作的立体全景画的地狱里结束了罪恶的一生。

江户川乱步年谱

1894年　出生

本名平井太郎，10月21日出生于三重县名张市，为家中长子。父平井繁男，时任名贺郡官府书记员。母平井菊。

1897年　3岁

因父亲工作调动，举家搬迁至名古屋市。

1901年　7岁

4月，进入名古屋市白川寻常小学就读。

1903年　9岁

《大阪每日新闻》连载菊池幽芳的《秘密中的秘密》，母亲每晚都会念给他听，从此对侦探故事萌生了极大兴趣。

1905年　11岁

4月，进入市立第三高等小学。协助父亲采用胶版誊写版印刷和发行少年杂志。二年级时喜欢上了押川春浪的武侠冒险小说。

1907年　13岁

4月，升入爱知县立第五初级中学。读到黑岩泪香的《岩窟王》，印象特别深刻。

1908年　14岁

其父开设平井商店，主营进口机械的贸易销售，兼营外国保险代理和煤炭销售业务，并采购全套铅字，印刷和发行《中央少年》杂志。秋天，开始在学校附近租借宿舍，独立生活。

1910年　16岁

与要好同学坐船到中国的东北地区旅行。

1912年　18岁

3月，初中毕业。因喜欢出版事业，与同学到处奔走、筹备。6月，其父开设的平井商店破产倒闭。由于失去了学费来源，没有继续上高中。随父亲坐船到朝鲜马山，从事垦荒和测量工作。8月，只身赴东京勤工俭学，以优异成绩考入早稻田大学预备班，白天上学，晚上寄宿在东京都本乡汤岛天神町的云山印刷厂，逢休息日打工。12月，迁到春日町借宿，业余时间靠誊写挣钱。

1913年　19岁

春，与祖母在东京牛込喜久井町生活，重读黑岩泪香等著名作家写的侦探小说。曾计划印刷和发行《少年新闻报》。8月，预备班毕业，考入早稻田大学经济学专业学习。

1914年　20岁

春，与同学创办《白虹》杂志，利用业余时间阅读爱伦·坡、柯南·道尔等英国作家的短篇侦探小说。为了阅读侦探小说，辗转于各大图书馆，所做的笔记装订成册，称为《奇谈》。

1915年　21岁

其父回国供职于某保险公司，在牛込与全家一起生活。继续阅读外国侦探小说，并悉心研究"暗号通讯文书"的由来、规则和特点。

1916年　22岁

8月，毕业于早稻田大学经济学专业，入职大阪府贸易商加藤洋行。

1917年　23岁

5月，从加藤洋行辞职，在伊东温泉开始阅读谷崎润一郎的作品《金色之死》，执笔撰写电影评论文章。
11月，入职三重县鸟羽造船厂电机部，参与内部杂志
《日和》的编辑。

1918年　24岁

4月，其父再赴朝鲜工作。与鸟羽造船厂的同事组
织"鸟羽故事会"，在各剧场、小学巡回。冬，在坂手
村小学结识村上隆子。

1919年　25岁

辞职到东京。2月，与两个弟弟在东京本乡驹込町
经营一家旧书店"三人书房"。7月，在书店二层编辑
《东京PACK》杂志。11月，开设中华面馆。同年，与村
上隆子成婚。

1920年　26岁

2月，入职东京市政府社会局。10月，关闭旧书店，
入职大阪时事新报社，担任记者，经常与井上胜喜谈论
侦探小说，开始撰写《两分铜币》。

1921年　27岁

3月，长子平井隆太郎诞生。4月，在东京担任日本
工人俱乐部书记。

1922年　28岁

8月，辞职后回到大阪府外守口町的父亲家，与父

亲一起生活。9月,《两分铜币》《一张收据》完稿,正式向某杂志社投稿,但未被采用。不久,改投《新青年》杂志,经审定采用。12月,入职大桥律师事务所。

1923年 29岁

4月,《两分铜币》在《新青年》刊载,小酒井不木博士长文推荐。7月,《一张收据》在《新青年》刊载,辞去大桥律师事务所工作,入职大阪每日新闻社广告部。

1924年 30岁

4月,关东大地震,全家迁回大阪。7月,在《新青年》发表《二废人》。10月,在《新青年》发表《双生儿》。11月底,离开大阪每日新闻社,成为职业作家。

1925年 31岁

1月,在《新青年》增刊发表《D坂杀人事件》,名侦探明智小五郎首次登场。到名古屋拜访小酒井不木。之后,到东京拜访森下雨村,结识《新青年》派作家。2月,在《新青年》发表《心理测试》。3月,在《新青年》发表《黑手》。4月,在《新青年》发表《红色房间》,与春日野绿、西田政治、横沟正史等作家发起创建"侦探兴趣协会"。5月,在《新青年》发表《幽灵》。7月,在《新青年》发表《白日梦》《戒指》。8月,在《新青年》增刊发表《天花板上的散步者》。9

月，在《新青年》发表《一人两角》，在《苦乐》发表《人间椅子》；其父逝世。10月，成立"新兴大众文艺作家协会"。

1926年　32岁

发表侦探小说《噩梦塔》(直译名《幽鬼之塔》)等多篇作品。12月，在《朝日新闻》上连载《畸心人》(直译名《侏儒法师》)。

1927年　33岁

3月，停笔，与妻平井隆子开设"宿舍租借有限公司"。不久，独自外出旅行，到日本海沿岸、千叶县沿岸等地；10月，到京都、名古屋等地；11月，与小酒井不木、国枝史郎、长谷川伸和土师清二等人创建大众文艺民间合作组织"耽绮社"。

1928年　34岁

3月，出售早稻田大学附近的宿舍。4月，买下东京户塚町源兵卫一七九号的房屋。同年，发表《丑角师》(直译名《地狱丑角师》)。

1929年　35岁

1月，在《新青年》发表《噩梦》。6月，发表处女随笔《恶魔王》(直译名《恐怖的魔王》)。8月，在《讲谈俱乐部》连载《蜘蛛男》。

1930年　36岁

5月，改造社出版《孤岛之鬼》。7月，在《讲谈俱乐部》连载《魔术师》。9月，在《国王》连载《黄金假面人》。10月，讲谈社出版《蜘蛛男》。

1931年　37岁

5月，平凡社出版《江户川乱步选集》13卷。同年，出版《迷重重》(直译名《钟塔的秘密》)、《暗黑星》和《邪与恶》(直译名《影男》)。

1932年　38岁

3月，停笔，带全家外出旅游，先后到过京都、奈良、近江等地。

1933年　39岁

1月，加入大槻宪二创建的"精神分析研究会"，每月出席例会，并为该会《精神分析杂志》撰稿。4月，长子平井隆太郎升入大阪府立第五初中学校。同年，好友山本直一辞去博物馆工作，担任江户川乱步的助手。12月，在《国王》连载《红蝎子》(直译名《红妖虫》)。

1934年　40岁

发表《恐吓信》(直译名《魔术师》)、《黑天使》和《不归路》(直译名《死亡十字路》)。

1935年　41岁

1月，平凡社陆续出版《江户川乱步杰作选》12卷。6月，春秋社出版《人形豹》。9月，编写《日本侦探小说杰作集》，由春秋社出版，并发表长篇评论文章。

1936年　42岁

1月，在《讲谈俱乐部》连载《绿衣人》；在《少年俱乐部》连载《怪盗二十面相》。5月，春秋社出版评论集《鬼的话》。12月，讲谈社出版《怪盗二十面相》。

1937年　43岁

1月，在《讲谈俱乐部》连载《噩梦塔》（直译名《幽鬼之塔》），在《少年俱乐部》连载《少年侦探团》。战争爆发后，政府当局对于出版物的审查越来越严格，江户川乱步的所有小说被禁止出版发行，不得不停止撰写侦探小说。为了生活，江户川乱步借用别名为少年儿童撰写探险小说。后来，当局只允许江户川乱步撰写防谍反特小说，在杂志和报纸决定连载前，必须经过外交部、内务部、警视厅和宪兵机构的联合审查，达成一致意见后方可使用江户川乱步的名字刊登。由于公开抗议，被勒令停止写作，结果只写了一部小说。

1938年 44岁

1月，在《少年俱乐部》连载《妖怪博士》。3月，讲坛社出版《少年侦探团》。4月，新潮社出版《噩梦塔》。9月，新潮社出版《江户川乱步选集》10卷。

1939年 45岁

1月，在《讲谈俱乐部》连载《暗黑星》，在《少年俱乐部》连载《蒙面人》。2月，讲谈社出版《妖怪博士》。

1940年 46岁

2月，讲谈社出版《蒙面人》。7月，因心脏不适住院治疗。10月，与同人创立"大政翼赞会"。

1941年 47岁

7月，非凡阁出版《噩梦塔》。12月，任东京池袋丸山町防空会长。

1942年 48岁

任东京池袋北町会副会长，以"小松龙之介"的笔名连载《聪明的太郎》。

1943年 49岁

与著名作家井上良夫书信往来，交流对欧美侦探小说的看法。8月，开始连载科幻小说《伟大的梦》。11月，东京大学文学部在读的长子平井隆太郎被征召入伍，为其举行送别会。

1944年　50岁

出任行政监察随员助手，后在町会领导下开设军需品加工厂生产皮革制品。

1945年　51岁

4月，家属被疏散到福岛，自己则只身留在东京池袋，继续担任町会副会长。6月，因病被疏散到福岛。8月，在病床上听到裕仁天皇宣布无条件投降，平井隆太郎从土浦飞行队退役。11月，举家迁回池袋。

1946年　52岁

6月，倡议成立"侦探小说星期六研讨会"，每月开一次例会。

1947年　53岁

6月，"侦探小说星期六研讨会"更名"侦探作家俱乐部"，被选举为第一届主席。11月，到关西等地演讲，普及和推广侦探小说。没有新作问世，但旧作再版达31部。

1949年　55岁

1月，在《少年》连载《青铜怪人》。6月，再度当选侦探作家俱乐部会长。11月，光文社出版《青铜怪人》。

1950年　56岁

1月，在《少年》连载《虎牙》。3月，在《报知新闻》连载《断崖》，为战后首部短篇侦探小说。12月，光文社出版《虎牙》。

1951年　57岁

1月，在《趣味俱乐部》连载《恐怖的三角馆》，在《少年》连载《透明怪人》。5月，岩谷书店出版评论集《幻影城》。12月，光文社出版《透明怪人》。

1952年　58岁

1月，在《少年》连载《怪盗四十面相》。3月，评论集《幻影城》荣获侦探作家俱乐部授予的"第五届优秀侦探小说勋章"。7月，辞去侦探作家俱乐部会长一职，任名誉会长。12月，光文社出版《怪盗四十面相》。

1953年　59岁

1月，在《少年》连载《宇宙怪人》。12月，光文社出版《宇宙怪人》。

1954年　60岁

1月，在《少年》连载《塔上魔术师》。10月，日本侦探作家俱乐部、东京作家俱乐部和捕物作家俱乐部联合主办"江户川乱步六十大寿庆典"，会上正式设立"江户川乱步奖"。《别册宝石》第四十二期杂志作为

"江户川乱步六十周岁纪念特刊"，《侦探俱乐部》十二月号杂志也作为"乱步花甲纪念特刊"。著名作家中岛河太郎编纂和发行《江户川乱步花甲纪念文集》。11月，映阳堂出版《江户川乱步选集》10卷。12月，光文社出版《塔上魔术师》。

1955年　61岁

1月，在《趣味俱乐部》连载《影男》，在《少年》连载《海底魔术师》，在《少年俱乐部》连载《灰色巨人》。5月，举行首届"江户川乱步奖"颁奖仪式。11月，在三重县名张市举行"江户川乱步诞生地"树碑庆贺仪式。12月，光文社出版《海底魔术师》《灰色巨人》。

1956年　62岁

1月，在《少年》上连载《魔法博士》，在《少年俱乐部》上连载《黄金豹》。1月24日，"日本翻译家研究会"成立，出任研究会顾问。2月，出任"日本文艺家协会语言表述问题专业委员会"委员。4月，发表《英文翻译侦探小说短篇集》。8月，接任《宝石》杂志主编。11月，光文社出版《马戏团里的怪人》《魔法玩偶》。

1957年　63岁

1月，在《少年》连载《夜光人》，在《少年俱乐部》连载《奇面城的秘密》，在《少女俱乐部》连载《塔上魔术师》。12月，光文社出版《夜光人》《奇面城的秘密》《塔上魔术师》。

1959年　65岁

1月，在《少年》连载《假面具背后的恐怖王》。11月，桃源社出版《欺诈师与空气男》，光文社出版《假面具背后的恐怖王》。

1960年　66岁

1月，在《少年》连载《带电人M》。4月，出任东都书房《日本侦探推理小说大集成》编辑委员。

1961年　67岁

4月，成为文艺家协会名誉会员。7月，出席"江户川乱步从事侦探小说创作四十周年庆典"，桃源社出版《侦探小说四十年》。10月，桃源社出版《江户川乱步全集》18卷。11月3日，荣获日本政府颁发的"紫绶褒勋章"。

1963年　69岁

1月，"日本侦探作家俱乐部"升格为社团法人"日本推理作家协会"，被一致推选为第一届理事长。8月，再次当选，坚辞不受，亲自提名松本清张接任第二届理事长。

1965年　71岁

7月28日，突发脑出血逝世，戒名智胜院幻城乱步居士。获赠正五位勋三等瑞宝章。8月1日，在青山葬仪所举行日本推理作家协会葬，墓所位于多摩灵园。

译后记

　　我1981年8月考入宝钢翻译科从事翻译工作，1982年初开始从事日本文学翻译，1983年2月首次发表日本文学译作。四十余年来，我一直致力于中日民间文化交流，尤其是翻译了日本推理文学鼻祖江户川乱步的作品全集，由衷地感到欣慰和满足。

　　《江户川乱步全集》共46册，数百万言，历经数个寒暑才翻译完成。回首往事，第一天坐在桌案前写下第一行译文的情景仍历历在目。为了解江户川乱步的创作思想、创作背景和准确把握作品的神韵，除反复阅读其所有小说作品外，我还遍览《侦探推理文学四十年》《乱步公开的隐私》《幻影城主》《奇特的立意》和《海外侦探推理文学作家和作品》等乱步的随笔和评论集。并专程去了坐落在东京丰岛区池袋的江户川乱步故居考察，到日本国家图书馆查阅了有关江户川乱步的许多资料。

为了让更多的人了解江户川乱步，我在《新民晚报》先后发表了《江户川乱步，日本侦探推理文学的先驱》《日本的福尔摩斯》《江户川乱步的起步》《徜徉少年大侦探系列》《徜徉青年大侦探系列》，接受了腾讯视频、东方电视台、《上海翻译家报》、沪江网、日语界以及日本青森电视台、《东粤日报》、《朝日新闻》、《产经新闻》、《中日新闻》的相关采访。

鲁迅说："伟人的成绩和辛勤劳动是成正比的，有一分劳动就有一分收获。日积月累，从少到多，奇迹就可以创造出来。"我历经数年辛劳翻译的这版《江户川乱步全集》，2004年4月被乱步故里日本名张市政府收藏，2020年10月又被日本驻上海总领事馆收藏，并荣获国际亚太地区出版联合会

APPA翻译金奖，其中的"少年侦探团系列"荣获国家新闻出版总署优秀少儿图书三等奖。

江户川乱步可以说是日本推理文学的代名词，江户川乱步奖是推动日本推理文学作家辈出的巨大动力，《江户川乱步全集》是世界侦探推理文学的瑰宝。希望通过这套《江户川乱步全集》，可以让更多的读者共同享受推理文学的乐趣。

2021年元旦于上海虹桥东华美寓所